Richard Moritz Meyer

Jonathan Swift und G. Ch. Lichtenberg

Zwei Satiriker des achtzehnten Jahrhunderts

Richard Moritz Meyer

Jonathan Swift und G. Ch. Lichtenberg
Zwei Satiriker des achtzehnten Jahrhunderts

ISBN/EAN: 9783743625808

Hergestellt in Europa, USA, Kanada, Australien, Japan

Cover: Foto ©Raphael Reischuk / pixelio.de

Richard Moritz Meyer

Jonathan Swift und G. Ch. Lichtenberg

Jonathan Swift und G. Ch. Lichtenberg

Zwei Satiriker
des
achtzehnten Jahrhunderts.

Von

Richard M. Meyer.

> Der Mann muß mäßig weise sein,
> Doch nicht allzuweise.
> Des Weisen Herz erheitert sich selten
> Wenn er zu weise wird.
> Edda übersetzt von K. Simrock,
> Hawamal Str. 54.

Berlin.
Verlag von Wilhelm Hertz.
(Besser'sche Buchhandlung.)
1886.

Meiner geliebten Mutter
in innigster Dankbarkeit gewidmet.

Vorwort.

Für die Satire im großen Stil scheint unsere Zeit keinen günstigen Boden zu bieten. In der Polemik der Gegenwart wird soviel Witz aufgewandt, wie nur je eine geistig regsame Zeit aufgebracht hat, vor allem auf dem Felde, das jetzt mit dem größten Eifer bebaut wird, dem politischen; aber all dieser Witz, oft treffend, öfter am Kernpunkte vorbeigehend, scheint nur für die Zeitung geschrieben, das heißt für den Tag. Er wird in den kleinen Formen der Parodie und des Epigrammes verzettelt und verschleudert, gerade wie auf allen andern Gebieten die Kleinkunst mit ihren rascheren und leichteren Wirkungen große Conceptionen ertötet. Und wo einmal Satire in größerem Sinn versucht wird, fällt sie auf unfruchtbaren Boden. Wenn die geistreich geschriebene „allgemeine Geschichte von Deutschland" im Eingang von Wilhelm Raabes „Abu Telfan" spurlos vorübergegangen ist, mag das auf den zahlreichen und starken Mängeln, die dies Buch sonst zeigt, beruhen; aber wie wenig ist auch die ebenso trefflich gedachte wie vollendet ausgeführte literarische Satire Gottfried Kellers, seine „Mißbrauchten

Liebesbriefe" oder der zweite Teil des „Apothekers von Chamounix" gewürdigt worden und welchen Mißverständnissen unterlag F. Th. Vischers großer humoristisch=satirischer Roman „Auch Einer!"

Und diese allgemeine Abneigung scheint sogar auf dem Gebiete der Literaturgeschichte mächtig. Ueberall werden die großen Humoristen und Satiriker kurz abgefertigt und oft mit nahezu persönlicher Antipathie charakterisirt. Die groteske Komik der Taubmann und Kortüm hat in F. W. Ebeling einen sorgsamen Bearbeiter gefunden, der seine Lebensaufgabe in die Fortführung von Flögels Studien zur Geschichte der komischen Literatur gesetzt hat; aber die ernsten Satiriker scheut man förmlich. Fast täte es not, daß man wieder wie zu Rabeners Zeit bewiese, ein Satiriker brauche noch kein böser Mensch und — setzen wir hinzu — kein verdorbenes Genie zu sein. Die echte Satire wird ebenso gut auf angebornem Talent be=ruhen wie jede andere Literaturgattung, und ein Schriftsteller, der auf diesem Gebiet berühmt wird, braucht so wenig aus Verbitterung und Bosheit geschrieben zu haben wie ein Feld=herr seinen Beruf aus Blutdurst und Menschenhaß ergriffen zu haben braucht. Im Gegenteil wird Großes hier so wenig geschaffen werden wie irgendwo ohne große Ziele, große Ge=danken, große Kräfte. Und grade die großen Satiriker scheidet es von der Unzahl der kleinen, daß ihr Herz bei ihrem Werk war und daß dies Herz ein großes und freies war.

Ich habe es im Folgenden versucht, aus der Zahl dieser großen Satiriker zwei Männer zu charakterisiren, die mir durch lange Beschäftigung mit ihnen, wenn ich so sagen darf, persönlich näher getreten sind. Beide gehören dem vorigen Jahrhundert an, beide literarischen Glanzepochen ihrer Nation. Aber die Summe ihrer Verschiedenheiten ist nicht leicht zu erschöpfen. Den einen hat das bewegte und große Leben Englands zu einem Werke befähigt, das an Bedeutung des Plans, das an Tiefe von wenigen Büchern der Weltliteratur überragt wird; der andere hat es über Sammlungen geistvoller Einzelbemerkungen nicht herausgebracht. Der eine war ein tief unglücklich angelegter Mann, den die Verhältnisse noch weiter ins Elend stießen; der andere, von Haus aus mit einem leichten, ja fröhlichen Herzen ausgestattet, verkümmerte in der kleinstaatlichen Atmosphäre zum Hypochonder. Swifts Energie und Lichtenbergs Trägheit, Swifts Herrschsucht und Lichtenbergs Bescheidenheit, Swifts Abneigung gegen die Mathematik und Lichtenbergs fast leidenschaftliche Vorliebe für diese Wissenschaft und vieles andere machen aus ihnen fast so verschiedene geistige Individualitäten, wie der große und schöne Dechant von dem kleinen und mißgestalteten Professor körperlich verschieden war. Auch das ist nicht zu verkennen, um wieviel mehr schon der Zweite dieser Beiden dem modernen Betrieb der Satire sich nähert — freilich noch hoch über demselben stehend. Aber es gibt ebenviele Wege zur Höhe. Beide waren sie Satiriker in großem Stile, weil Beider Witz einer großen Anschauung diente und aus einer eigentümlichen Persönlichkeit notwendig entsprang. Möchte es mir gelungen sein, eben dies anschaulich zu machen.

Der erste der beiden Aufsätze ist eine ältere Arbeit, der andere eine Erweiterung des Vortrags, den ich am 20. Januar dieses Jahres zur Erlangung der venia legendi an der Universität Berlin hielt. Herrn Professor Scherers unermüdlicher Güte verdanke ich freundliche Ratschläge für diese Arbeit und ich empfinde es als ein besonderes Glück, daß ich den ersten Schritt in meinen nunmehrigen Beruf unter der Führung meines verehrtesten Lehrers tun durfte. Möge denn diese Arbeit, wenn selbst nur in geringem Grade den Dank bezeugen, den man am liebsten seinen Lehrern abstattet: möge sie beweisen, daß ich mit Eifer zu lernen versucht habe.

Inhalt.

	Seite
1. **Jonathan Swift** (geb. 30. November 1667 in Dublin, gest. 19. Oktober 1745 zu Dublin)	1
Leben	2
Kindheit und Lehrzeit	4
Mannesjahre	7
Alter	12
Charakter und Anlagen Swifts	13
Die Reisen Gullivers	17
Die ersten beiden Bücher	21
Das dritte Buch	29
Das vierte Buch	42
Charakter und Anlage des Werks	45
Swift und sein Werk	47
2. **Georg Christoph Lichtenberg** (geb. 1. Juli 1742 in Oberramstadt bei Darmstadt, gest. 24. Februar 1799 in Göttingen)	52
Bedeutung seiner Persönlichkeit	52
Der Gelehrte alter und neuer Zeit	53
Die Universität Göttingen	55
Lichtenbergs Leben	60
Bedeutung seiner Tätigkeit	61
Zielpunkt seiner Denktätigkeit	62
Psychologische Studien	65
Lichtenbergs Leistungen	74
Lichtenberg und seine Schriften	77

Jonathan Swift.

Wir haben längst mit der Astrologie gebrochen und auch aus irdischen Constellationen stellen wir kein Horoskop mehr. Manchmal aber ist es doch, als habe das Schicksal selbst an der Wiege eines großen Mannes die Richtung verkünden wollen, deren Vertreter er werden sollte. — Kaum hatte Ludwig XIV. die Regierung Frankreichs selbst übernommen, da rollte eine gewaltige Woge des Menschenhasses von dem Lande, dessen Geist unter den Geistern damals herrschte wie der „Roi Soleil" unter den Fürsten, an die britische Insel. 1665 erschienen La Rochefoucaulds Maximen, ein Buch, das, im Einzelnen geistreich, im Ganzen in einförmiger Weise alle menschlichen Regungen aus der Selbstliebe herzuleiten sucht, grade wie die alten Naturphilosophen Mensch und Baum und Fels aus dem Wasser oder dem Feuer construirt hatten. 1666 erschien Molières Menschenfeind, das bedeutendste Drama des großen Dichters, und sprach aus, in dieser verdorbenen Umgebung sei Heiterkeit des Herzens mit edlen Gesinnungen und reinem Wandel nicht zu vereinen. — Und 1667 wurde der Mann geboren, in dem jene Werke den größten aller Menschenfeinde verkünden konnten: Jonathan Swift.

Grade in neuerer Zeit ist dem großen Satiriker wieder

vielfältige Aufmerksamkeit zugewandt worden. Neben weniger wichtigen Aufsätzen von Hettner, Taine, von Noorden u. A. sind ihm besonders zwei bedeutende Arbeiten gewidmet worden. Die eine ist Thackerays erster Vortrag in seinem geist- und gemütvollen Buch über die englischen Humoristen.[1]) Thackeray betrachtet nach seiner eignen Aussage diese Schriftsteller hier lediglich unter dem Gesichtspunkte, ob man mit ihnen verkehrt haben möchte. Dieser Standpunkt der persönlichen Sympathie war kein günstiger für die Beurteilung des schroffsten aller Satiriker. — Die andere Arbeit eröffnet Leckys Buch über die Führer der öffentlichen Meinung in Irland.[2]) Doch gilt sie keineswegs ausschließlich dem Politiker Swift, sondern sucht seiner ganzen Erscheinung gerecht zu werden. — Ich habe mich bemüht, aus diesen beiden sowie den andern Arbeiten soviel als möglich zu lernen, um den merkwürdigen Mann zu verstehen und sein wichtigstes Werk: Gullivers Reisen. Dies Buch, die furchtbarste Satire auf das Menschengeschlecht, ist wohl leicht zu widerlegen, aber das genügt nicht: seine Existenz selbst ist eine schwerere Anklage gegen die Menschheit als irgend eine, die es enthält. Und zur Abwehr dieser Anklage versuche ich zu zeigen, wie dies Buch entstand und was es lehrt.

Ich gehe auf Swifts äußere Schicksale nur kurz ein, so sehr sie auch an sich und als für jene Epoche Englands höchst charakteristisch zu näherer Betrachtung verloden.

Jonathan Swift wurde 30. November 1667 in Dublin geboren, sieben Monate nach dem Tode seines Vaters. Als wäre der künftige Satiriker noch nicht verwaist genug, ward er, kaum ein Jahr alt, durch ein sonderbares Geschick auch der

---

[1]) W. M. Thackeray, The english humourists of the eighteenth century. Tauchnitz, Leipzig 53.
[2]) W. E. H. Lecky, The leaders of public opinion in Ireland. London 71.

mütterlichen Fürsorge beraubt. Seine Amme ward zu einer Verwandten gerufen, die (wie es in einer Biographie Swifts heißt), schwer krank war und eine Erbschaft erwarten ließ; und sie nahm den kleinen Jonathan auf die Seereise mit. Die Mutter wagte es nicht, das schwächliche Kind nochmals der Gefahr dieser Reise auszusetzen, blieb aber selbst in Dublin und überließ ihn bis zum dritten Jahr der Erziehung der Amme. Ob man in dieser Form mütterlicher Sorgfalt nun Frivolität oder Aufopferung sehen mag — sicher ist's, daß die Wirkung unheilvoll war. Swift hat weder seine Mutter noch seine Schwester geliebt, wie es scheint, obwohl er niemals irgendwie seine Pflicht ihnen gegenüber versäumt hat, — und so blieb ihm die natürliche Uebermittlung der Liebe und Verehrung für das weibliche Geschlecht überhaupt versagt. „Er hat weder die Reinheit der Jungfrau, noch die Hoheit des Weibes, noch die Würde der Mutter begriffen," sagt von Noorden.[3]) Hatte er doch kein Beispiel vor Augen, das ihn vor der Weiberverachtung seiner Zeit hätte schützen können. Alexander Pope, mißgestaltet und schwächlich, von aller Frauengunst ausgeschlossen, hat nie die Frauen gelästert wie der schöne und starke Swift, denn er liebte Niemanden so sehr wie seine gute, liebevolle Mutter. Swift aber kam im sechsten Jahre von neuem aus der Heimat in die lieblose Fremde, auf die Schule in Kilkenny, dann, während seine Mutter in ihrer englischen Heimat lebte, auf die Universität Dublin. Sein Leben dort hat Thackeray in wenig Worten unübertrefflich charakterisirt: „Er erlangte mit Mühe einen akademischen Grad, und war wild, und witzig, und arm."[4]) Ein reicher Verwandter, der ihn unterstützte, ließ ihn in drückender Weise seine Abhängigkeit fühlen, und Bitterkeit gegen die Reichen erfüllte das stolze Herz. Schon auf der Universität hatte er

---

[3]) C. v. Noorden, Historische Vorträge. S. 104.
[4]) Thackeray S. 3.

gegen die Mathematik einerseits, gegen die Philosophie und ihre einzelnen Zweige, wie Logik und Metaphysik andererseits eine Abneigung gefaßt, die immer nur stärker ward. Die Zusammenstellung scheint befremdend: man begreift leicht, wie den überlegen klaren Kopf die verborbene halb theologisirende und halb phantasirende Scholastik abstoßen mußte; aber Mathematik, denkt man, hätte ihm grade zusagen müssen. Er hat sich aber in dem Bericht über die Jugenderziehung in Lilliput deutlich hierüber ausgesprochen: er wußte nur die angewandte Physik und Mathematik zu schätzen,[5]) sonst aber warf er den ganzen speculativen Menschenschlag[6]) zusammen und hielt all seine Glieder für unnütze Kostgänger der menschlichen Gesellschaft. — 1690 kam er, durch Familienbeziehungen empfohlen, als Privatsecretär zu Sir William Temple, einem angesehenen Diplomaten, der sich vom politischen Leben zurückgezogen hatte und in behaglicher Muße auf seinem Landgut in Lebensweise, Denkart und Stil den weisen Cicero copirte. Es geschah leicht, daß die Aehnlichkeit einmal zu weit ging und der junge in fieberhafter Unruhe vorwärtsstrebende Secretär sich gelegentlich in die Rolle eines Sklaven höherer Art zurückgedrängt fühlte. Swift hatte nie das Glück, an einem begeisternden Lehrer ein erhebendes Vorbild zu finden; hier in Moorpark, Temples Gut, wo das Genie sich im Dienst der Mittelmäßigkeit zu unbedeutenden Schreibergeschäften verurteilt fühlte, hier trat jener Augenblick des Auswachsens, der Reife ein, der für jedes Menschen Schicksal entscheidend ist. Und wieder schien das Schicksal für Vollständigkeit des Abschlusses seiner Lehrzeit zu sorgen. Er war bei einem Staatsmann beschäftigt, den König Wilhelm III.

---

[5]) Gullivers Reisen von Jonathan Swift. Aus dem Englischen neu übersetzt von Fr. Kottenkamp. Stuttgart 43, I. 279.

[6]) Vgl. seines Nachbeters D. Swift Auseinandersetzung. Works 4, 142 Anm.: „that speculative tribe."

seines besondern Vertrauens würdigte, und hatte einmal sogar in Temples Namen direkt mit dem König zu verhandeln, ohne Erfolg übrigens. So erhielt seine Neigung zu praktischer Thätigkeit, die schon in der Verurteilung rein speculativer Wissenschaften hervortrat, die Richtung auf die Politik, welche er nie wieder verloren hat. Er lernte ferner von Temple, der nach Leckys prächtigem Ausdruck in bewundernswert reinem, anmutigem und wohlklingendem Englisch etwas schale Aufsätze über Politik und Gartenkunst, über chinesische Literatur und das Schlimme der Extreme schrieb,¹) den klaren, glatten und leichten Stil, welcher bei ihm allerdings mit dem wilden Inhalt wie mit der Wahl der gröbsten Worte oft wunderlich contrastirt, den er jedoch nie aufgab. Ebensowenig aber haben ihn je wieder seine Leiden, Schwindel und furchtbare Kopfschmerzen (er schrie oft acht, neun Stunden vor Schmerz) verlassen, die er sich damals durch Unvorsichtigkeit zuzog. Und eben damals gewann er auch auf ein anderes Wesen jene verhängnisvolle Macht, an der dies arme Herz zu Grunde ging. Er lernte in Moorpark Esther Johnson kennen, berühmt als Stella und unter diesem Namen auch in Goethes merkwürdigem Drama verewigt, wo freilich ihrer Rolle mehr die der Cäcilie entspricht. Stella ist recht zum Prüfstein des persönlichen Verhältnisses der Biographen Swifts zu ihrem Helden geworden. Thackeray feiert sie in einer rührenden Stelle in der beweglichsten Weise; Lecky spricht von ihr kühl und fast mit Abneigung. Indeß verdient hier das Auge des Romanschriftstellers vielleicht mehr Vertrauen als das des Historikers. So zart und zerbrechlich wie Thackeray Stella schildert, war sie freilich nicht, und eh sie vor Liebesgram starb, war sie siebenundvierzig Jahr alt geworden. Doch ihr ganzes Leben hat sie der treuesten und liebevollsten Hingebung für

---

¹) Lecky S. 4.

den Mann geweiht, in dem sie ihren Leiter und Freund verehrte, die Sonne, die ihr Leben erwärmte und erhellte, aber auch versengte. Daß Swift Stella irgend getäuscht habe, daß er ihr Ursache gegeben hätte, seine nach allen Berichten rein platonische Liebe anders als so aufzufassen, das glaube ich nicht und hier liegt wohl der Kernpunkt des Streites über seine Schuld. Er hat ihr höfliche und galante Verse geschickt, er hat ihr später völlig die Stellung der Hausfrau eingeräumt, doch nur wenn er Besuch bei sich sah; nie hat er sie ohne Zeugen gesprochen. Ganz gewiß ist seine Schuld an dem Ende dieses armen lieben Herzens, das in ihm all seine Schätze besaß, der nicht zu vergleichen, die Goethe an Friederikens Kummer trug. Swift hat niemals Jemanden den Hof gemacht, und Damen am allerwenigsten, wenn man von einer Studentenliebe zu Varina (Miß Waryng) absieht. Aber dem schönen und stattlichen Mann mit den stahlblauen Herrscheraugen, dem liebenswürdigen Gesellschafter und geistreichen Plauderer mit dem interessanten Zug von Melancholie und Menschenhaß fielen die weiblichen Herzen leicht zu — nicht nur die zahllosen Coquetten jener sittenlosen Zeit, die ein Billet von seiner Hand für ihre Sammlung galanter Autographen erobern wollten, nicht bloß die starken Geister der literarischen Salons, die ihre recht schwachen Seiten zu haben pflegen, sondern leider auch jene edelsten zarten und liebevollen Gemüter, die ihr Lebensglück darin ersehen, es dem geliebten Manne zu opfern. Und ohne die Härte Thackeray's und von Noorden's zu billigen muß man hier Swift schuldig sprechen. Was dem armseligen Ruhmesverlangen einer Coquette nachgesehen werden mag, das Bedürfnis, Alle und am liebsten grade die Besten zu Sklaven zu machen und gingen sie darüber zu Grunde, das darf dem ernsten Mann, der höhere Ziele kannte, nicht verziehen werden. Er ließ sich zu viel Liebe gefallen. Doch im Anfang hatte das

Verhältnis zu Stella wohl nicht einmal dieses Gepräge. Er hat sie nur in zu große Abhängigkeit von sich gebracht; sie verlernte es, ohne seine Führung zu existiren. Es gibt Charaktere von so gewaltiger Uebermacht, daß sie die Willenskraft ihrer Umgebung völlig zu lähmen vermögen; sie bezwingen nicht der Andern Willen, sondern sie beseitigen ihn. So war Stellas selbständiges Denken ganz und gar in den mächtigen Freund übergegangen. Sie hatte keinen Schutz; von ihrer Mutter ist wenig die Rede, ihr Vater aber war wahrscheinlich Sir William Temple selbst, den natürlich seine Vornehmheit hinderte, ihr mehr als Gönner zu sein. So ward die arme Stella, damals neunzehn Jahre alt, sein Eigenthum — ein liebenswürdiges und freundliches Kind von seltenem Reiz, den ihre Zartheit erhöhte, von jenem Talent graziöser Ungezogenheit, das gerade kräftige Naturen zu fesseln pflegt, witzig, voll ernsten Strebens, und ihrem Verhängnis geweiht, sobald sie dem Leben zu erblühen begann.

Swifts Aufenthalt in Moorpark ward durch ein Zerwürfnis mit Sir W. Temple unterbrochen. Er erstrebte damals eine Pfarrei, mußte sich aber seinem Herrn wieder unterwerfen, um zum Geistlichen geweiht zu werden. Wie wird er geknirscht haben! doch Temple verzieh ihm völlig, und nach kurzer Verwaltung einer kleinen Pfründe in Irland folgte er seinem Rufe von neuem und lebte von da bis zu Temples Tod, jetzt mehr dessen Freund als Diener, auf jenem Landsitz. Temple empfahl ihn noch durch sein Testament dem König, der ihn aber vergaß. Swift folgte als Sekretär dem Lord Berkeley, einem hohen Beamten, nach Irland und erhielt nach mehrmaliger Enttäuschung eine mittelmäßige Pfründe. Mit deren Mitteln ausgestattet, kehrte er nach England zurück und begann seine glänzende politische Laufbahn. So wichtig diese auch für die Geschicke seines Vaterlandes wurde — der Friede von Utrecht wird ihm direkt, das irische Parlament von 1782 mittelbar verdankt — und so interessante Probleme sie auch darbietet, darf sie doch hier von uns nur kurz skizzirt werden; denn nur die Summe seiner politischen Thätigkeit ist für das Verständnis seines Hauptwerks von Bedeutung, nicht die einzelnen Factoren. Swift leistete zunächst den Whigs, die die politischen Anschauungen seines Lehrmeisters teilten, bedeutende Dienste. Als seine Bemühungen aber keine genügende Anerkennung fanden, trat er, zweifellos aus gekränktem Ehrgeiz, zu den Tories über. Es ist bemerkenswert, daß so viele bedeutende Politiker Englands durch beide Parteien gegangen sind, so ja auch die beiden größten Parteihäupter der letzten Jahrzehnte, Gladstone und Disraeli. — Hier ward er nun wahrhaftig nicht verkannt. Die Leiter des Ministeriums, Orford und Bolingbroke, überschütteten ihn mit Höflichkeiten, und er war bei all seiner innern Ueberlegenheit doch zu sehr Emporkömmling, um sie nicht seine Bedeutung wiederholt in unfeiner Art empfinden zu lassen. Aber das Ziel seines Ehrgeizes erreichte er nicht. Er wollte englischer Bischof werden, nicht so sehr der äußern Vorteile dieser fürstlichen Stellung wegen, als weil er nur so durch einen Platz im Oberhause sich dauernd politischen Einfluß sichern konnte; das Unterhaus war ihm als Geistlichen verschlossen. Aber es gelang nicht, die durch den Erzbischof von Canterbury und die einflußreiche Herzogin von Somerset — der Swift das nie vergaß — erregte Abneigung der Königin Anna zu überwinden. Swift hatte noch in Moorpark das „Märchen von der Tonne" verfaßt, vielleicht das Witzigste, was er je schrieb, und sicher das Anstößigste. Es war eine Satire gegen religiöse Neuerungen, die vom Standpunkt des Urchristentums aus den Katholicismus heftig, den Calvinismus noch heftiger angriff, das Luthertum mit ziemlicher Schonung behandelte und von der anglikanischen Kirche schwieg. Sie diente durch die Bekämpfung der Schwester-

Politische Tätigkeit.

kirchen ja derjenigen, welcher Swift selbst angehörte; aber dieser Dienst geschah in so roher und unanständiger Form, mit so völliger Verletzung aller Scheu vor dem, was Millionen verehren, daß der Autor mehr zum Dienst des Büttels geeignet schien, als zum Eintritt ins Allerheiligste. Die Königin war eine unbedeutende, gutmütige Frau; aber grade solche Naturen verfehlen selten das Richtige, wo sie intellectuelle Vorzüge mit moralischer Schwäche verbunden vor sich sehn. Uebrigens scheinen die Minister sich nicht übermäßig bemüht zu haben. Man hatte wohl wenig Lust, die Erfahrungen zu wiederholen, die einst König Heinrich mit Thomas a Becket gemacht hatte. Ein mächtiger Politiker als Kirchenfürst konnte leicht ein König neben dem Könige, ja mit überragendem Einfluß werden. Swift wurde 1713 Dechant von St. Patrick in Irland und trat alsbald die Stelle an, die er von Anfang an als ehrenvolle Verbannung betrachtete. — Spätere Verhandlungen mißglückten; Swifts politische Pläne waren für immer gescheitert. Bald wurde auch das Tory-Ministerium gestürzt und es folgte Walpoles langjährige Whig-Regierung. — Aber in England von seinem Einfluß verdrängt gelangte Swift in Irland später zu um so größerer Macht und herrschte dort grade zu wie ein Dictator, von den Iren vergöttert, von der Regierung gefürchtet, bis seine Krankheit ihn der Herrschaft beraubte. —

Swift lebte seit 1713 größtenteils und bald fast ausschließlich am Sitze seines Amts. Aber in dies äußerlich ruhige Leben fiel jetzt jenes unheilvolle Ereignis, das ihn fast mehr noch als seine Schriften berühmt gemacht hat: sein Doppelverhältnis zu Stella und Vanessa.

Stella war Swift auf seinen Wunsch nach Irland gefolgt. Sie wohnte mit einer Gesellschafterin in einem andern Hause, sah ihn, wie schon erwähnt, nie ohne Zeugen und nahm dieselbe Stellung ein, die etwa einer Schwester zugekommen wäre.

Doch auch so mußte dies Verhältnis zweideutig erscheinen; der reine und klare Sinn Stellas ertrug es nicht und sie setzte es durch, daß er sich 1716 mit ihr trauen ließ. Er war nachher in schrecklicher Aufregung und hat ohne Zweifel diesen Schritt bereut. An ihren Beziehungen änderte derselbe in keiner Hinsicht etwas und Niemand erfuhr von der Hochzeit; sie selbst haben sich nie als wirkliche Ehegatten angesehen. Es sind zahlreiche Vermutungen hierüber geäußert worden, über die wir hinweggehen; die wahrscheinlichste ist wohl doch die, daß er schon damals seine Anlage zum Wahnsinn erkannt hatte, die ja z. B. bei Lenau auch bald nach seiner Verlobung hervortrat. Und wenn nicht Vanessa gewesen wäre, würde ihm schwerlich Jemand Unrecht geben. Jetzt ist es leicht zu sagen, daß eine wirkliche Ehe das Natürliche und darum auch für Beide das Beste gewesen wäre. Aber wenn eine junge Dame das Unglück hat, sich in einen leidenschaftlichen Menschenfeind von viel Geist und wenig Gemüt zu verlieben, ist es auf alle Fälle schwer sie glücklich zu machen. Carlyle hat die Frau geheiratet, die er in stürmischer Werbung für sich erobert hatte, und sie hat an seiner Seite das traurigste Dulderleben geführt, das einem liebevollen Herzen der unbegreiflichste Egoismus nur bereiten kann; Grillparzer hat seine „ewige Braut" nicht geheiratet und sie hat neben ihm in ziemlichem Gleichmut nicht glücklicher und nicht unglücklicher als die meisten Ehefrauen gelebt. — Doch mit jener unklaren Entscheidung war freilich nicht erreicht, was die arme Stella wollte: vor der Welt war sie nicht seine Gattin. Was ihn hinderte die Trauung einzugestehn, wissen wir wieder nicht; vielleicht das Gefühl, damit ein tadelnswertes Unrecht begangen zu haben, vielleicht auch nur die Furcht, durch die Verbindung mit einer Frau aus niederm Stande die Aussichten auf Beförderung zu verscherzen, die er noch immer hegte; denn Stellas Mutter war mit einem Bediensteten Temples verheiratet. Für Stella aber war es Naturnotwendigkeit, ihm zu gehorchen. Diese Unterordnung ward ihr Verderben.

Auf dem Höhepunkte seiner Laufbahn, als er von den Großen umschmeichelt ohne officielle Stellung die Politik Englands leitete, hatte wie viele andere auch das Haus der Mrs. Vanhomright sich ihm geöffnet, die, Wittwe eines hohen Beamten, in großem Luxus lebte und mit ihren beiden Töchtern die glänzendste Gesellschaft um sich versammelte. Die ältere Tochter, Vanessa, wie sie Swift nicht ohne Anspielung auf ihre Eitelkeit nannte, war in allem Stellas Gegenbild, leidenschaftlich, unternehmend, durchaus äußerlich. Sie war groß und schlank; als man nach ihrem Tod Stella erzählte, Swift habe sie schön besungen, sagte die getäuschte Gattin, deren schlagenden Witz der Zorn stärkte: „Natürlich; wenn der Dechant will, kann er auch über einen Besenstiel schön schreiben."[8]) Swift war der Freund der Familie, und bald erfaßte Vanessa eine leidenschaftliche Liebe zu dem großen Mann. Daß er sie wieder liebte, wie von Noorden meint, ist nicht wahrscheinlich; aber er duldete ihre Huldigung und die Briefe, die er an Stella schrieb, sonst voll von Zärtlichkeit und wirklich rührender Freundschaft wurden kühl. Die Schmeicheleien dieser neuen Schülerin drohten in der Tat die arme Cordelia in Ungnade zu bringen. Aber Vanessa hatte das Unglück, während Stellas tragisches Schicksal rührt, eine nicht nur gehässige, sondern auch etwas lächerliche Rolle zu spielen. Biographen Swifts haben die Geschmacklosigkeit besessen, ihn zu loben, weil er sie trotz ihres Reichtums nicht geheiratet habe. Aber selbst dies Verdienst, einen schmählichen Schritt nicht getan zu haben, schwindet vor der Tatsache, daß die verschwenderische Mutter der Tochter Schulden hinterließ. Da beschloß Vanessa, die Frage selbst in die Hand zu

---

[8]) Thackeray S. 51.

nehmen, die ihr Lebensfrage war. Gegen Swifts Willen erschien sie 1714 zu Dublin. Er zürnte über den Ungehorsam, aber diese Energie der Werbung imponirte ihm. Sie blieb und schrieb Briefe über Briefe voller glühender Liebe; er antwortete halb spöttisch halb zornig — aber er brach nicht mit ihr. Und in diesem Verhältniß änderte die Trauung von 1716 so wenig wie in dem zu Stella. Er hatte für die Tochter seiner Freundin nicht die Freundschaft, sie zur Wahrung ihrer eigenen Ehre zu mahnen. Er hatte seiner angetrauten treuen Freundin gegenüber nicht die Ehrenhaftigkeit, ihr die gebührende Stellung zu wahren. Da machte seinem unredlichen und unmännlichen Schwanken ihr unweibliches Ungestüm ein Ende. Sie tat 1722 einen Schritt, der, so unverantwortlich er war, doch heroisch zu nennen ist. Sie hatte von der erfahren, deren Nebenbuhlerin sie war; alles auf eine Karte setzend schrieb sie an Stella nnd fragte sie, welches ihre Rechte auf Swift wären. Stella, im Innersten verletzt, sandte ihm den Brief. Dieser schweigende Vorwurf machte ihm auf einmal seine Sünde klar. Die Beschämung brannte ihn, und, wie wir nun einmal sind, ließ er jetzt die arme Vanessa auf einmal das ganze Gewicht der Schuld fühlen, die doch die seine war. Er ritt zu ihrem Hause und trat ein, wutfunkelnd und mit dem entsetzlichen Ausdruck, den sein kaltes Gesicht in Augenblicken der höchsten Erregung annahm; ohne ein Wort zu sprechen, warf er ihren Brief an Stella vor sie hin und verließ sie. — Vanessa verfiel in ein heftiges Fieber und starb nach wenigen Wochen. Stella kränkelte seit jener Zeit und entschlief 1728 zum Frieden. Swift versank tiefer und tiefer in Trübsinn, verlor allmählich die Herrschaft über seine Sinne, dann über seinen Verstand, und verschied nach jahrelangem elenden Dahinsterben in dem hohen Alter von achtundsiebzig Jahren am 19. Oktober 1745. —

Wir sehen, die Erlebnisse Swifts waren nur zu sehr danach angetan, seine angeborne Neigung zum Menschenhaß zu unheimlicher Stärke ausreifen zu lassen. Menschenverachtung lag damals in der Luft. Erst hatten die Puritaner mit ihrer fanatischen Verdammung jeder weltlichen Regung jene alte und entsetzliche Vorstellung von der rettungslosen Verderbtheit des Menschen erneuert, deren Verwandtschaft mit Swifts Auffassungen schon Lecky hervorhebt.⁹) Dann kam die Reaction der gräulichsten Sittenlosigkeit unter Karl II. mit ihrer völligen Verwahrlosung aller idealen Gedanken. Seit Wilhelm III. war eine durchgreifende Besserung eingetreten. Nun gab es wieder Idealisten; aber wenn sie um sich blickten, war ihnen zu Mute wie Einem, der in später Mitternacht nüchtern zu einem Gelage tritt, an dem im Ueberdrusse des Genusses sich das Laster erbricht. Edward Young trat hinaus unter den Sternenhimmel und richtete pathetische Declamationen sittlicher Entrüstung an die Wolken. Joseph Addison schüttelte mit leichtem Lächeln das vornehme Haupt, drückte sich vorsichtig heraus, um nicht beschmutzt zu werden, und faßte Alexander Pope unter den Arm zu einem Spaziergang, in dem sie über hohe Ziele den Erdenschmutz vergaßen. Aber Jonathan Swift setzte sich breit an die Tafel; er berührte keinen Bissen, sondern zeichnete höhnische Carricaturen von denen, die Spiel und Trunk und alle Leidenschaften zu Fall gebracht hatten.

Er war nüchtern, wo fast alle trunken waren vor Leidenschaft. Er war so klug, er war so stark — was Wunder, daß er sie Alle beherrschte! Und doch ward er der Unglücklichste von Allen.

Man hat die Ursache wohl in seiner verfehlten Laufbahn gesehn. Gewiß hat nicht innere Vorliebe ihn zum Geistlichen gemacht, sondern nur äußere Rücksicht; gewiß fand er keine

---

⁹) Lecky S. 57.

Freude an seinem Berufe. Aber war er glücklich, als er in voller Betätigung seiner Neigung zu einflußreicher Tätigkeit seinen Namen in das Buch der Geschichte einschrieb? Swift war niemals glücklich, denn ihn quälte ein unglückliches Naturell. Als wäre eine Scherbe von dem Spiegel jenes berühmten Andersenschen Märchens in sein Auge gekommen, dessen Glas verzerrte, was es wiedergab, so zwang ihn seine Natur, mit Allem, was er sah und dachte, einen Prozeß umgekehrter Idealisirung vorzunehmen. Und sein herrschsüchtiger Verstand, der frei bleiben wollte von allen starken Eindrücken, half nach. Wir haben von ihm ein kleines Gedicht, das überaus bezeichnend für das Verfahren seines Geistes ist. Es schildert eine „schöne junge Nymphe", die Abends — ihre Reize ablegt.[10] Dies sonderbare Motiv ist öfters benutzt worden, so andeutungsweise in Sheridans Lästerschule, breit in Kleists Käthchen von Heilbronn. Aber was dort den Charakter amüsanter Medisance, hier den heiterer Märchenhaftigkeit trägt, das giebt Swift derb und grob als ernste Wahrheit und, damit man es nicht zu leicht nehme, wirft er die verletzendsten Indecenzen hinein. Sein Kommentator findet das widerwärtige Gedicht sehr lobenswert, weil es die Jugend vor der Verführung warne. Aber Swift war klüger als seine Apologeten; er wußte wohl, wie wenig sich solche Warnungen empfehlen. Es wäre ihm überdies nie eingefallen, sich um das Seelenheil derjenigen Jünglinge zu bekümmern, die vor der weiblichen Verführung sich durch die Nachricht abschrecken lassen, schöne Mädchen hätten gewöhnlich ein falsches Gebiß und steckten „plumpers" in die Backen, damit ihre eingefallenen Wangen frisch und voll schienen. Nein, Swift schrieb das für sich. Es ist ganz dieselbe Methode, sich der „Anfechtungen" der Welt

---

[10] Works VII. 1.

zu erwehren, die in asketischen Schriften des Mittelalters durchgeführt wird, dieselbe, die noch Spinoza einmal zur Wahrung der Gemütsruhe empfiehlt: man verbindet alles Schöne solange mit widrigen und ekelhaften Vorstellungen, bis man, von Ekel übermannt, das Schöne selbst für widrig hält. Grundprinzip ist: „Verboten ist, was gefällt." — So sah Swift die Welt an.

Dies eben, meine ich, war sein Verhängnis, daß, so leicht es ihm ward, Liebe zu gewinnen, es ihm schwer ward, zu lieben — ein Verhängnis, das den vielen Betrübten zum Trost dienen mag, die an dem entgegengesetzten Schicksal leiden. Freilich wußte er zuweilen seine abstoßenden Gefühle zu bezwingen, oder vielmehr Andere besiegten dieselben. Seiner Stella hing er trotz allem mit treuer Liebe an, wie die aufrichtige Zärtlichkeit seiner Briefe beweist. Und er war auch ein treuer Freund seiner Freunde. Als Lord Oxford nach seinem Sturz Swifts Besuch auf dem Land erbat, zögerte dieser keinen Augenblick, dem in höchste Ungnade gefallenen Staatsmann seine Freundschaft zu beweisen.[11] Und wenn er an seine Freunde schreibt, da strahlt zuweilen das wohlthuende Gefühl wahrer Seelengemeinschaft überraschend hervor. Er versetzt sich in die Seele des Adressaten; es ist nicht mehr der griesgrämige Swift, der da schreibt, sondern es ist der wackere tapfere Pope mit dem unzerstörbaren Glauben an alles Gute, es ist Arbuthnot, der rastlos thätige Arzt mit seiner liebenswürdigen Anspruchslosigkeit, es ist Gay, der gemütlichste Familienpoet, der je von den reichen Renten eines kleinen Talents und einer großen Gutmütigkeit dick und fett wurde; es ist St. John Lord Bolingbroke, der eleganteste Don Juan unter den Staatsmännern, der wo andere Leute ein Gewissen haben höchstens etwas Stilgefühl hat, übrigens aber jedem das Beste gönnt.

---

[11] Lecky S. 28.

Ober vor allem es ist Dr. Thomas Sheridan, der irische Landpfarrer mit dem lachenden Kinderherzen, unerschöpflich an thörichten Einfällen und unergründlicher Gutmütigkeit. Die Engländer haben stets eine starke Vorliebe für das gehabt, was wir verächtlich „höhern Blödsinn" nennen. Man muß nur einmal sehen, wie der ernsthafteste Gentleman sich vor Lachen ausschütten kann über ein Buch wie etwa Gilbert Abbots a Becket's Comic history of Rome, über das unsere Herren und nun gar unsere gebildeten Damen die Achsel zucken würden. Auch das gehört zu den Voraussetzungen des Gulliver-Buchs: Einfälle die eigentlich lächerlich toll sind, die nun aber ernst gewandt werden. Wir haben in Deutschland nur zwei Schriftsteller, die so tolle Dinge in ernste Erzählungen zu bringen wagen: es sind die, die ich für die bedeutendsten Satiriker der gegenwärtigen deutschen Literatur halten möchte: Wilhelm Raabe und Gottfried Keller.

Aber es gehörte doch viel dazu, ehe sich Swift entschloß, einen Einzelnen aus der Zahl der von ihm gehaßten Gemeinschaft herauszunehmen: „ich hasse und verabscheue vor allem dies Geschöpf, das „Mensch" heißt, obwohl ich John, Peter Thomas u. s. w. herzlich liebe." In der Regel übersah er aber über dem Menschen die guten Eigenschaften des Einzelnen. Und nun hatte er das Unglück, das Alles, was er that, sich so verzerrte wie die Bilder seines geistigen Auges. Nun kann man von dem was man im gesellschaftlichen Leben Liebenswürdigkeit zu nennen beliebt, recht gering denken; aber die innere Liebenswürdigkeit des Herzens ist doch wohl eine Eigenschaft, ohne die Niemand Andere zu beglücken vermag. Die fehlte ihm ganz. Freilich ist es nicht leicht, liebenswürdig zu sein, wenn man unaufhörlich von Kopfschmerzen geplagt wird. — Er war sehr wohlthätig, aber seine Gaben verteilte er mit verletzender Roh-

---

[12]) Works VIII. 40.

heit. Er war voll echten Stolzes, aber der kam zur Erscheinung als dünkelhafte Ungezogenheit. Nicht anders war es mit seiner Religiosität. Einige haben ihn für einen ungläubigen Heuchler, andere umgekehrt für einen heimlich frommen „umgekehrten Hypokriten" gehalten. Ich glaube, daß von Heuchelei selten Jemand freier war als er. Es heißt einmal bei Swift: „Durch den Unglauben an eine göttliche Vorsehung wird (in Lilliput) Unfähigkeit bewirkt, ein öffentliches Amt zu verwalten. Die Lilliputer glauben nämlich, nichts könne abgeschmackter sein, als daß Fürsten, welche sich für die Repräsentanten der Gottheit halten, Leute zu ihrem Dienst verwenden, welche die Macht in Zweifel ziehen, worauf ihre eigene beruht.[13] Hätte ein heimlicher Zweifler sich so denuncirt? Nein, Swift glaubte an Gott, aber er suchte selbst ihm gegenüber die Formen einer Unabhängigkeit zu wahren, die er nicht besaß. Und andererseits fand seine Bewunderung des allmächtigen Gebieters keinen bessern Ausdruck als die rohe Verspottung der Unterthanen. Denn jene traurige Verzerrung aller Verhältnisse klang wie in seinem Thun so in seinem Reden nach. Jeder nennt die Dinge wie er sie sieht. Lichtenberg hat einmal grade im Anschluß an das dritte Buch des Gulliver in sehr geistreicher Weise die verschiedene Bedeutung desselben Worts im Munde der Feinen und der Unfeinen beschrieben: „molom" heißt ein Gelehrter, „molom?" ein Schwätzer.[14] Wir dürfen solche Milderungsexponenten nirgends vergessen, wenn wir den Gulliver lesen, und haben das Buch aus der Sprache des Verfassers zurück zu übersetzen in die, mit der wir dieselben Anschauungen und Empfindungen ausdrücken würden. —

Die Reisen Gullivers wurden wahrscheinlich in der Zeit von 1716—20 verfaßt, unmittelbar nachdem Swifts politische

---

[13] Gullivers Reisen I. 83.
[14] Lichtenbergs Vermischte Schriften II. 194 f. 202.

Pläne gescheitert waren und kurz ehe sich sein Geschick vollzog. Sie erschienen 1726; er war damals neun und fünfzig Jahre alt. — Was bedeutet dies Buch für ihn und für uns?

Was diese Satire von andern am wesentlichsten scheidet, ist daß sie so rein negativ ist, wie keine zweite. Bei den bittersten Angriffen eines Juvenal schwebt doch in der alt=römischen Tugend ein bestimmtes Gegenbild vor. Aber hier? Wagt man hier von Idealen zu sprechen? und doch entbehrte Swift schwerlich so ganz eines idealen Gegenbildes in seinem Innern, als er in kräftiger Thätigkeit greifbare Ziele erstrebte. Aber die Satire hat sich vom Bild auf das Gegenbild über=tragen und das Werk Swifts ist eine Satire geworden nicht bloß auf die Mißstände der Zeit, sondern auch auf des Autors eigene Ideale. Der Spott, um sich fressend, hat zuletzt nichts und absolut nichts übrig gelassen, Alles ist trostlos, verächtlich, erbärmlich. Der Verfasser dieses Buchs hatte nachdem er das geschrieben die Wahl nur noch zwischen Selbstmord und Wahn=sinn. Er hat nicht den Selbstmord wählen wollen. . . .

Und eben weil der Ausgang so entsetzlich ist, war ganz gewiß diese hoffnungslos elende Anschauung nicht Swift von Anfang eigen; sie hätte ihn nicht so weit kommen lassen. Der ganze furchtbare Prozeß dieser Selbstzerstörung spiegelt sich in jenem gorgonenartigen Buche ab, das wir Alle kennen, und das wir kennen gelernt haben — als ein Kindermärchenbuch!

Wir kennen die Daten über die Entstehung des Gulliver nicht genau; aber das glaube ich bestimmt, daß kein Gesammt=plan den vier Büchern vorausging. Sie entstanden nacheinander auch in der Conception; vor allem aber zwischen den beiden ersten und den beiden letzten ist ein scharfer Einschnitt. — Suchen wir die Entwickelung des merkwürdigen Buches zu verfolgen.

Ueber die Quellen dieses Werks ist erst wenig gearbeitet

worden. Dennoch lassen trotz Swifts stolzer Behauptung, er habe nie einen Zug entlehnt, sich mehrere Schriften als benutzt schon jetzt erweisen. Das nächste Muster für die Einkleidung der ersten beiden Bücher gab die Histoire comique des Etats et Empires de la Lune von Cyrano de Bergerac, dessen Schriften ja auch Molière zu benutzen nicht verschmäht hat; für den dritten Teil war ein Kapitel aus Rabelais' unerschöpflichem Pantagruel Vorbild.[15]) Einzelheiten sind gewiß von verschiedenen Seiten aufgenommen, wenn auch Macaulays Versuch, eine Entlehnung aus Addison nachzuweisen,[16]) ein unglücklicher war. — Aber mit größter Meisterschaft hat er Alles sich voll zu eigen gemacht. Und wie reich ist die Fülle seiner Zutaten! Wie eigenartig die Tendenz! —

Der erste Anstoß zu einer Satire, zum Satirenschreiben überhaupt, wird immer bezeichnend sein für das Hauptinteresse des Autors. Immer wird der Anlaß ein mehr oder weniger persönlicher sein; berührte er den Autor nicht, so würde er auf diesen auch nicht wirken; später freilich mag Gewohnheit, geeigneter Stoff u. a. als Anstoß genügen. Es ist wohl kein Zweifel, daß Swifts Enttäuschung in seiner politischen Laufbahn ihn vor allem zur Abfassung des Gulliver bestimmte. Aber es war ein viel älterer Groll und ein umfassenderer Haß, der sich dem Verbannten in trübem Brüten erneuerte. „Es genügt nicht, klug zu sein; man muß es auch verbergen können." Das eben konnte Swift nicht, und das machte ihm zuweilen sogar unter Freunden unliebenswürdig. Er ließ Alle fühlen, daß er der Klügste sei. Und was ihn nun vor allem grimmig machte, das war gewiß die Erkenntniß, wie viel Kleinere ihm vorgezogen wurden. Dies also ist der Anstoß: er wird übergangen — nicht daß er ein Opfer seines Patriotismus, seiner Frömmigkeit, auch

---

[15]) Hettner Literaturgeschichte des achtzehnten Jahrhunderts I. 342.
[16]) Macaulay Critical and historical essays. S. 704.

nur seiner Geburt geworden wäre. Keine dieser Empfindungen ist in ihm verletzt; auch nicht sein Selbstbewußtsein, denn er hat nie an sich gezweifelt. Aber er meint nun, wie wohl Andere sich für diese Welt zu gut glauben, er sei zu klug für diese Menschen. Dies lenkt seinen Blick auf die Unzulänglichkeit zunächst der Machthaber. Aber wie viel unbedeutender wird erst die Masse sein, die diese Nullen verehrt! So gilt seine Satire von Anfang dieser Eigenschaft, richtiger diesem Mangel an Eigenschaften. Wenn nach G. Brandes das ganze Dichten Flauberts der Schilderung der menschlichen Dummheit, das Ibsens der Darstellung der menschlichen Halbheit und Inkonsequenz gewidmet ist, so summirte Swift beides zur menschlichen Erbärmlichkeit. Man erinnere sich hier gleich der theologischen Vorbereitung Swifts. Auf das berühmteste asketische Buch des Mittelalters, Innocenz III. Schrift über die Verachtung der Welt, scheint er anzuspielen in einer Stelle, die über seine unglückliche Veränderung klagt,[17]) und wie genau wird er Bunyans berühmtes Buch gekannt haben, das das ganze irdische Treiben als den Markt der Eitelkeit schilderte, durch dessen lärmendes und anspruchvolles, aber wert- und zweckloses Gedränge der Christ unberührt hindurchschreiten solle. Man sieht gleich, daß die Satire in dieser Richtung das einzig mögliche Gegenbild in einem außerweltlichen Ideal finden muß, denn alles Erdentun ist eitel. Man erwartet also Empfehlung der Weltabkehr, der Askese schließlich. Das war die konsequente Antwort, die Innocenz III. wie Bunyan und Spinoza wie Buddha gegeben hatte; das war die richtige Antwort aller pessimistischen Religionen und Philosophien. Und Swift? Sein Ausgangspunkt ist ja nicht die allgemeine menschliche Schwäche. Er sagt sich nicht wie ein Büßer buddhistischer, katholischer, schopenhauerischer

---

[17]) Works VIII. 40.

Confession: Ich bin Nichts, denn ich bin Mensch. Sondern sein herrschendes Gefühl, mindestens beim Beginn der Satire, ist: Ich bin wohl etwas, ich bin ein großer und starker Geist, nur die Masse — das sind erbärmliche Kerls. Was hilft ihm eine Verweisung auf das Jenseits, wo Alles gleich sein soll und der geistesstolze Jonathan Swift nicht mehr gilt als der letzte fromme Narr? Also diese Richtung schneidet sein Stolz seiner Satire ab; er wird im Gefühl der Ueberlegenheit zunächst nur über die Andern spotten als über Dummköpfe — grade wie sein Gott im Jüngsten Gericht.[18]

Nun zunächst in der Reise nach Lilliput tritt diese persönliche Satire als solche unverkennbar hervor. Dies erste Buch ist unter den vier Teilen der Reisen Gullivers ohne Frage das vollendetste Kunstwerk und zwar ein höchst bewundernswertes Meisterwerk. Wenn sich für die Technik des Witzes überhaupt bei keinem Schriftsteller mehr lernen läßt als bei Swift, so müßte vor allem dies Buch einer derartigen Untersuchung zu Grunde gelegt werden. Gulliver ist hier durchaus nicht, was er in den spätern Büchern mehr und mehr wird, bloßer Reiseberichterstatter. Nein er spielt eine höchst bedeutende und bezeichnende Rolle. Gulliver fällt den Zwergen in die Hände. Er leistet ihnen die außerordentlichsten Dienste, besiegt ihre Feinde, rettet das Königsschloß. Und was ist ihr Dank? Mag er auch unendlich stärker sein als sie — die Masse bezwingt ihn, unterdrückt ihn, fesselt ihn zum Lohne seiner Taten; und schließlich muß er aus ihrer Mitte fliehen. — Die Moral ist klar: was hilft dirs, Talent zu haben, Dienste zu leisten — die Kleinen dulden doch nicht, daß du deine Kraft gebrauchst; selbst deine Freiheit scheint ihnen gefährlich, und Jonathan Swift wird in einem weltfernen Städtchen Dechant. — So ist denn

---

[18] Thackeray S. 142.

das Buch auch voll von persönlichen Anspielungen: hier soll Walpole verspottet sein und dort der Prinz von Wales bezeichnet u. s. w.

Dies Buch ist also zunächst eine politische Satire. Die glückliche Verkleidung ist mit großer Virtuosität durchgeführt. Dabei ist der Spott im Ganzen noch verhältnißmäßig harmlos. Diese Pygmäen haben kleinliche Leidenschaften: um ein buntes Bändchen tanzen die Minister auf dem Seil, und die Theologen streiten sich um die Frage, wie das Ei aufzuschneiden sei. Bei dieser Satire, die das Gegenbild zu den Lilliputanern eben in dem Haupthelden Gulliver selbst bietet, mit seinem dem Wuchs entsprechenden großen und edelmütigen Herzen, in dieser Satire also, die auch in der Wahl des Gegenbildes sich als meisterhaft erweist, da bleibt ganz natürlich noch Raum für die Möglichkeit der Besserung. Nicht daß die Pygmäen sich auswachsen könnten! Aber man denkt: ein andermal wird der Große mit den Zwergen fertig zu werden gelernt haben! Denn Gulliver begeht auch Fehler, was wieder das Buch von den Satiren nach der Schablone mit engelhaften Idealfiguren unterscheidet. Auch sind andererseits die Lilliputaner nicht ohne achtungswerte Eigenschaften; ja ihre Kindererziehung ist — nach Swifts Meinung — musterhaft. Freilich das unorganische Einschieben dieses pädagogischen Kapitels ist technisch ein Fehler; aber es zeigt doch, daß Swift hier noch an Besserung und Lernfähigkeit glaubt: positive Vorschläge wie hier, macht er später nie. Uebrigens zeigen diese Erziehungsgedanken mit ihrer spartanisch-platonischen Staats-Kinderzucht Swift als Verehrer eines durch einige Kultur gemäßigten Naturzustandes. Griechen der älteren Zeit, allenfalls auch die Urchristen, auf die das Märchen von der Tonne hindeutet — das mochte seine goldene Zeit vertreten. Und gleichzeitig schützt das warme Interesse, das aus diesen Plänen hervorleuchtet, Swift vor dem Tadel des Kinderhasses,

ben besonders Thackeray ausgeführt hat.¹⁹) Es ist ganz natür=
lich, daß für eine Individualität, in der der Verstand ganz
einseitig zum Schaden des Herzens ausgebildet ist, Kinder als
solche wenig bieten können. Für den goldenen Schatz unberührter
Reinheit und Güte, für den reizvollen Anblick zart aufsprossender
Gemüts= und Geiseseigenschaften fehlt ihm der Sinn und er
rechnet ganz einfach die Kinder wie die ungebildeten Dienst=
boten²⁰) zu der großen Masse intellectuell mangelhafter Wesen,
„mit denen man noch nicht reden kann." Aber als zukünftige
Männer und Frauen interessiren sie ihn allerdings, und er
möchte sie durch eine eiskalte verstandesmäßige Methode,
die den Eltern ausdrücklich jedes Recht auf Erziehung abspricht,
zu gescheuten Leuten erziehen. Glücklicherweise hat die
Erziehungspläne alter Junggesellen von Plato bis auf Herbert
Spencer mütterliche Weisheit noch immer an der Verwirklichung
zu hindern gewußt.

Zahllose kleinere Züge, die Interesse bieten teils an sich,
teils als Ansätze später reicher ausgeführter Ideen (z. B. die
„wissenschaftliche Zuschneidekunst" der Lilliputaner²¹) müssen wir
hier unbesprochen lassen. —

In diesem ersten Buch ist also das Gegenbild der Satire
Gulliver selbst, d. h. Swift. In gewissem Grade gilt das
freilich von jedem Satiriker. Der Autor des Gulliver nimmt
aber ganz ausdrücklich sich selbst als Maßstab, um daran die
Kleinheit der Andern aufzuweisen.

Nun denken wir uns diesen von den Zwergen verbannten
Gulliver, wie er über Alles, was mit ihm vorgegangen, brütet.
Auch an seiner eigenen Größe kommen ihm vielleicht Zweifel:
wie, du konntest nicht einmal unter den Kleinen deine Geltung

---
¹⁹) Thackeray S. 32.
²⁰) Works VII. 344 f.
²¹) Gullivers Reisen I. 90, vgl. auch I. 54 und dann II. 26 f.

behaupten? Er gibt sich die Antwort, halb mit Recht, halb mit leisem Selbstbetrug: ich hätte es wohl gekonnt, wäre es nur der Mühe wert gewesen. Schließlich — Fürst oder Bischof unter den Erbärmlichen zu sein, was will das heißen! Das scheint ihm so vielleicht auf den ersten Blick eine Beruhigung wegen der Vergangenheit, ein Trost für die Gegenwart. Und, durch diese Momente gefördert, breitet seine Ueberzeugung von der Unzulänglichkeit der Meisten sich von seinen politischen Mitbewerbern auf seine Mitbürger überhaupt aus; genauer gesagt, er macht eine allgemeine Anwendung von dem ihm feststehenden Satz auch auf bisher Unbeachtete. Dabei versteht sich von selbst, daß das Urteil des in der Einsamkeit Verbitterten bei diesem fortwährenden Hängen an der spöttischen Beurteilung der Menschen sich unaufhörlich noch verschärft.

So entsteht die Reise nach Brobbingnac, halb noch den persönlich politischen Charakter des ersten, halb den allgemeinen des dritten und vierten Buchs tragend. Swift mißt nicht mehr sich mit seinen Mitbewerbern, sondern den Menschen überhaupt an einem höheren Maßstabe. — Die Aenderung zeigt sich deutlich in der Gestalt des Gulliver. Der Held ist nicht mehr ein hervorragender Mann unter Kleinen, sondern ein ganz gewöhnlicher Mensch unter Riesen. Ein ganz gewöhnlicher Mensch, denn er entbehrt hier fast jedes individuellen Zuges; er ist ein Mensch schlechtweg und einmal, wo er eine geringschätzige Behandlung übel nimmt, weil er zu Hause an Achtung gewöhnt sei, da wird er einfach ausgelacht. Natürlich; er ist eben hier einfach ein winziges Naturspiel, höchstens dem Hofnarren und Hofzwerg ein gefährlicher Concurrent, den selbst vor diesem verächtlichen prügelgewöhnten Subjekt nur die gutmütige Achtsamkeit eines Backfischs schützen kann. Und noch härter zeigt ein anderes Bild, wie bedeutungslos hier seine Individualität ist: er will wirklich etwas leisten, will sich dankbar bezeigen durch eigenes Tun — da läßt er sich an ein Klavier ein Gerüst bauen und mit Paukenstöcken, auf der hohen Bank bis zur Erschöpfung hin und her laufend (über einen Raum von sechs Tasten Breite), macht er dem Hof eine Musik vor. Diese jämmerliche Bemühung ist Alles, was er den Riesen vorzeigen kann. — Wollte Swift auch hier dem abenteuerlichen Reisenden einen bedeutenden Charakter geben, so hätte er leicht Gulliver dem König durch irgend einen guten Rat oder dgl. nützlich machen können (wie Gulliver es wirklich durch Empfehlung des Pulvers zu werden versucht); dieser Kontrast von Körperschwäche und Geistesstärke ist besonders durch Fabeln und Märchen so nahe gelegt, daß ein weniger strenger Autor schwerlich versäumt hätte, uns Gulliver so wieder wert zu machen. Aber das will Swift eben nicht. Gulliver ist hier nur Vertreter der „Mensch genannten Geschöpfe" ohne jede persönliche Exemption; er ist ein Mensch wie jeder, d. h. all sein Tun ist zwecklos, nichtig, lächerlich. Die Tendenz wird höchst unzweideutig ausgesprochen. Gulliver erzählt stolz von seinem Vaterland; da wendet der König sich um und sagt: Wie verächtlich doch jene Menschengröße sein müsse, da solche Diminutiv-Insecten sie nachahmen könnten. „Ja, ja, sagte er, diese Geschöpfe haben gewiß ihre besonderen Titel und Rangunterschiede; sie bringen kleine Nester und Kaninchenbaue zu Stande, die sie Häuser und Städte nennen; sie paradiren mit Kleidern und Equipagen; sie lieben, kämpfen, zanken, betrügen und verraten."[22] Hier zeigt sich wie öfters bei Swift die bewundernswerte Kunst einer satirischen Klimax. Denn natürlich, worauf der König und Brobbingnac stolz sind, das ist ja wirklich genau dasselbe, womit auch Gulliver und England prahlen; und denkt man sich nun wieder Riesen von der Höhe des Dhawalagiri, so würden diese den stolzen König

---

[22] Gullivers Reisen I. 180.

von Brobbingnac mit seinem Pomp so lächerlich finden, wie der selbstbewußte Gulliver den eiteln König von Lilliput. Die Moral ergiebt die Worte des Mephisto: „Setz deinen Fuß auf ellenhohe Socken".... Der Mensch sei drei Zoll oder drei Meilen hoch, er bleibt Mensch, d. h. er bleibt ein anspruchs= volles Nichts.

Diese Tendenz veranlaßt denn auch den höchst konsequenten Autor, Alles zu vermeiden, wodurch diese großen Leute uns großartig erscheinen könnten. Sie sind lang, das ist Alles; sonst ist ihr Staat wie ein andrer und sie denken nicht größer, ihre Frauen sind grade so leer und ihre Hofleute grade so intriguant wie nach Swift in England. Höchstens zeichnet sie eine gewisse Frugalität und Nüchternheit aus: kurze Gesetze, eine tüchtige Miliz, Kirchen von mäßiger Größe; „der Stil der Schriftsteller ist deutlich, kräftig und fließend, aber durchaus nicht blumenreich."[23] Insoweit stimmt dies Riesenvolk aller= dings zu Swifts Geschmack, und wenn die Vorfahren noch riesenhafter und stärker waren, so deutet das auf seine Meinung vom Sinken der englischen Race seit einigen Generationen.[24] Ganz unbegreiflich ist daher Hettners Behauptung, daß „in diesem Reiche der mächtigen Körperlichkeit" vornehmlich die sinn= lichen Eigenschaften und Ausschweifungen karrikirt würden;[25] davon ist schlechterdings nicht die Rede, nur Körpereigenschaften erscheinen in gigantischer Verzerrung. Aber trotz alledem bleibt auch hier der Mensch ein „kleines, hilfloses und verächtliches Tier!" Nichts imponirt uns an diesen Riesen. — Diese aus der Tendenz vollberechtigte Darstellung läßt das Buch aber hinter dem ersten wesentlich zurückstehn, und wo Folgerungen aus der Verkleidung gezogen sind, entziehen sie sich nicht immer

---

[23] Gullivers Reisen I. 244.
[24] Gullivers Reisen I. 245, vgl. II. 111.
[25] Hettner I. 339.

einem nahe liegenden Parallelismus mit Lilliput. Hieß es dort etwa: „der Kaiser ist um die Breite meines Nagels größer als seine Hofleute, und dies allein genügt, die, welche ihn schauen, mit Ehrfurcht zu erfüllen," so heißt es hier: „Der Zwerg besaß eine solche Kleinheit, wie man sie bisher noch nie im Lande gesehen hatte — ich glaube wirklich, daß er nicht höher als dreißig Fuß war." Damit hängt es zusammen, daß in Lilliput die Kleinen vernünftig erzogen werden, und in Brobdingnac die Großen vernünftig regiert. Nur einmal ist aus den Größenverhältnissen eine höchst beachtenswerte Folgerung gezogen. Gulliver hat Gelegenheit, die Schönheit der Hofdamen von Brobdingnac zu prüfen und gibt nun ein abschreckendes Bild davon, wie eine schöne Frau aussieht. Wir erinnern uns jenes Gedichtes von der schönen Nymphe. Die ganze Episode ist wieder wahrhaft genial entworfen, aber mit einem brutalen Cynismus durchgeführt, der keine Andeutungen gestattet. Man hört eine persönliche Erbitterung heraus: das ist die Schönheit, der die Menschen nicht widerstehn können!

Hier also, in diesem Zug finden wir dem Kampf gegen die Eigenschaften der Menschen schon jenen gegen die Ideale beigesellt, der für Swift so verhängnißvoll werden sollte. Aber dieser Kampf wächst aus der Richtung seiner Satire mit unerbittlicher Notwendigkeit heraus. Noch ist hier jener Charakter ernster Einfachheit in der ganzen Haltung lobend und empfehlend dargestellt, aber auf die Durchführbarkeit dieses spartanischen Ideals darf nicht hoffen, wer die gleichzeitige Schilderung Englands liest. Man muß nur darauf achten, wie sich Gullivers Umgang verändert. In Lilliput hat er nur mit Fürst und Hof zu tun; in Brobdingnac treten auch schon Leute aus dem Volk auf; nachher kommen Menschen von aller Art, wenn auch nirgends die Staatshäupter als vollkommenste Typen des Nationalcharakters fehlen. So erweitert sich der Umkreis der

Satire über die politischen Gegner und Mitbewerber hinaus. Alle sind erbärmlich, sagt Swift, und nicht etwa bloß die, welche sich jetzt grade eben in das teilen, was meinen Geisteskräften gebührt. Dieser König der Riesen ist ein Musterfürst, die Königin eine freundliche und liebenswürdige Dame; Gullivers Freundin — in der freilich den Autor die Größe doch über das Alter täuscht: das neunjährige Kind macht den Eindruck eines ausgewachsenen Backfischs — ist ein sittsames gutherziges Mädchen. Und bei all dem ists in Brobbingnac wesentlich wie bei uns; und diese großen guten Menschen können auch nicht begeistern. Aber gibt es nicht Kräfte, fragt man, die ihnen abgehn, grade um dieser Nüchternheit willen? Vermögen nicht Religiosität, Patriotismus, Begeisterung für das Schöne, für die Wahrheit den Menschen über sich herauszuheben? Sind geistig bedeutende Menschen nicht rühmlichere Vertreter des Menschengeschlechts als nur körperlich große? Gut, erwidert der unversöhnliche Feind des Menschengeschlechts, sehn wir uns einmal diese Ideale etwas näher an! Was leisten sie dem Menschen? — Dieser Frage gilt von nun an mehr und mehr sein Augenmerk. Denn mit der Verspottung der Menschen konnte er noch nicht ihre Ideale lächerlich machen, wohl aber macht er mit ihren Idealen zugleich die Menschen selbst verächtlich. So tritt das Portrait immer mehr zurück — nicht nur das individuelle, sondern auch das typische; immer allgemeiner werden die Gestalten, nur noch Träger der verlachten Ideen.

Den Uebergang zeigt uns deutlicher als jene schon ganz allgemein gehaltene Betrachtung über die weibliche Schönheit das, was den Hauptinhalt des zweiten Buchs ausmacht. Es sind pessimistische Schilderungen Englands, die Gulliver dem König vorträgt, zuweilen den Rahmen der Fabel überschreitend und in ihrer Ausdehnung vom technischen Standpunkt aus zu tadeln. Noch einmal also und zwar in aller Breite politische

Satire. Das Alles aber trägt Gulliver mit einem gewissen Nationalstolz vor, der freilich nicht überall durchgeführt wird; die Erbitterung des Autors durchbricht hier öfters seine sonst so strenge Fügung. Dieser Nationalstolz, wie ihn der König der Riesen verspottet, wirkt schon an sich lächerlich, lächerlich nach zwei Seiten hin: weil ein winziger Knirps die Staatsverhältnisse seiner Mitknirpse prahlerisch vorführt, und weil was er vorträgt recht wenig zum Prahlen geeignet ist. So läuft das Ganze auf einen blutigen Hohn auf England heraus. Das stolze England ist ein Haufen von Zwergen, die in jeder Hinsicht nur Lachen, Verachtung, ja Ekel erregen. Damit verabschiedet der Dichter nicht bloß den Nationalstolz, den auch er einst teilte, sondern auch gradezu den Patriotismus. Für diese Mäusefamilie sich aufzuopfern ist einfach lächerlich; es lohnt eben nicht, sich anzustrengen, wo doch nichts zu erreichen wäre. Damit hat Swift England im Wesentlichen abgetan, und von jetzt ab handelt es sich um den Menschen allgemein. — Die Satire hat den weitesten Umfang erreicht, und sie sucht zugleich die äußerste Tiefe zu erschöpfen. Swift geht nun daran, zu beleuchten, was höchstens der Mensch sein könne. Nur eins von den Idealen des Menschen vergißt er ganz: die Kunst. Wo er einmal, bei der fliegenden Insel, die Musik erwähnt, ist sie ganz scholastisch als Unterabteilung der Mathematik gemeint. Es scheint, daß sie nicht nur ihm, sondern seinem ganzen Kreis so fern lag, daß er gar nicht daran dachte. Wirklich hat wohl niemals die Kunst eine geringere Rolle gespielt als damals in England. — Swift war mit Kneller, dem bedeutendsten Maler seiner Zeit befreundet, aber für die idealen Wirkungen der Künste fehlte ihm ganz der Sinn. Und wie kann die Kunst würdigen, wer von der Frauen so denkt wie er? —

Das dritte Buch des Gulliver ist ebenso sehr der höchste

Beweis von Swifts Witz und Originalität und Gedankenreichtum, wie das erste von seiner künstlerischen Thätigkeit. Es ist ein Buch, in dem kaum ein Wort steht, das nicht nach irgend einer Seite wie ein brennender Schlag fiele — und kaum ein Wort, das uns nicht entsetzt. Es ist der langsam und mit aller raffinirten Grausamkeit eines Selbstquälers vor unseren Augen vollzogene Selbstmord eines großen Geistes. Dabei fehlt hier noch nahezu ganz die wüste, wahrhaft fanatische Rohheit des vierten Teils; in einer oft gesucht eleganten Form wird abgeschlachtet, was Hohes und Schönes nur irgend der Autor kennt. Gulliver ist hier völlig ein ruhiger, unbeteiligter Erzähler; nur in einem Fall verliert er seine Objectivität. Sonst aber erzählt er alles mit der ruhigsten Miene, staunt zuweilen, aber urteilt nie. Wenn von einem Blinden, der die Farben unterscheiden lehrt, erzählt wird, so sagt Gulliver am Schlusse gravitätisch: „Dieser Künstler findet bei der ganzen Brüderschaft viel Ermutigung und Achtung."[26] Wenn er dem König von Laputa vorgestellt wird und dieser dreimal aus seinem Brüten geweckt werden muß, eh er von dem Fremden Notiz nimmt, so sagt der Berichterstatter im höflichsten Ton: „Seine Majestät bekümmerte sich nicht im Geringsten um uns, obgleich ein bedeutendes Geräusch durch den Umstand bewirkt wurde, daß eine Menge der zum Hofe gehörigen Personen zugleich eintrat. Der König sann damals über ein tiefes Problem . . ."[27] Das ist die Form. Und der Inhalt ist wilder und leidenschaftlicher als in der wütendsten Schmähschrift, die es je gegeben haben kann — Swifts eigenes viertes Buch ausgenommen.

Der Hauptteil des dritten Buchs ist der Satire auf die Wissenschaft gewidmet. Alle Zweige derselben, die zu seiner

---

[26] Gullivers Reisen II. 59.
[27] Gullivers Reisen II. 22.

Zeit blühten, nimmt er durch und alle überhäuft er mit beißendem Spott. Die Geisteswissenschaften werden kürzer abgefertigt; aber in voller Breite ergießt sich der Sarkasmus Swifts den Mathematikern und Physikern gegenüber. Wir kennen schon seine Stellung zu diesen Wissenschaften, die gerade damals in England sich der größten Geistestaten rühmen durften und deren classischer Vertreter damals Sir Isaac Newton war, „der Größte der Sterblichen" nach du Bois-Reymonds Ausdruck.

Zunächst kommt Gulliver auf die fliegende Insel. Hier wird alles von Jugend auf mathematisch, nur mathematisch und physikalisch erzogen; das Ideal Herbert Spencers ist hier erreicht. So sind die Einwohner denn große Künstler auf diesem Gebiete: die ganze Insel wird durch einen riesigen Magneten in wundersamster Weise dirigirt, und Alles rechnet. Und da die Harmonielehre als mathematische Disciplin gilt, verstehn sie auch sogar Sphärenmusik zu machen. In allem andern aber sind sie die unbrauchbarsten Geschöpfe. Die Abkehr vom wirklichen Leben, die Swifts allzupraktischer Geist in aller Wissenschaft sah, vor allem aber, mitveranlaßt durch das Beispiel grade des großen Newton selbst, in den Naturwissenschaften, die uns heut als so praktisch gelten — sie wird auf höchst drastische Art veranschaulicht: diese Leute sind fortwährend in Rechenexempeln begriffen; hätten sie nicht Männer aus dem Volk zur Seite, die nicht rechnen können, und die sie von Zeit zu Zeit durch Klatschen wecken, so äßen sie nicht und redeten nicht, und fielen in jede Grube u. s. w. Aber selbst innerhalb ihrer Wissenschaft sind sie hilflos: sie haben ausgerechnet, daß ein Komet ihre Insel zerstören wird — und nun ist dieser Komet ihr einziger Gedanke bei Tag und Nacht, und auch ihre Rechenkunst gilt seinem Kommen. Doch Hilfe gegen dies Ereigniß bietet ihnen ihr Wissen nicht.

Also: die Naturwissenschaften sind ganz und gar zwecklos; bei allem Rechnen zeigen sie keine Hilfe sogar gegen erkannte Gefahren. Dagegen machen sie den Menschen allen natürlichen Pflichten abspenstig. — Nebenbei wieder ein charakteristisches kleines Kapitelchen über die Frauen dieser Gelehrten.

Aber die Krone des dritten Buchs ist die Akademie von Lagabo — anerkanntermaßen eine Verspottung der weltberühmten Royal Society. Unter der fliegenden Insel befindet sich ein von deren König beherrschtes, aber vernachlässigtes Land; man denkt zunächst an Irland, zumal da es heißt, die vornehmen Herren von Laputa besäßen große Güter in Balnibarbi. Bewohner dieses Landes sind einmal auf die Insel gekommen und, von der Rechenwut angesteckt, haben sie in Lagabo die Akademie gegründet, in der jetzt als Projektenmacher und Experimentatoren sich Alle, die sich für etwas halten, vereinigen, während durch die veröbeten und zerfallenen Straßen ein verwilderter Pöbel schweift.

Diese Einleitung würde man heutzutage wohl als eine Verspottung des allgemeinen Bildungsdranges, der populären Halbbildung deuten. Indessen war das schwerlich Swifts Meinung, und jenes Streben, wie es noch jetzt in England geringer ist als in Deutschland und den obligatorischen Volksunterricht erst jetzt gezeitigt hat, war zu seiner Zeit gewiß nicht stark genug, um seine Satire herauszufordern, und gar in seinem irischen Exil! Vielmehr wird nur der Satz von der Zwecklosigkeit, ja Schädlichkeit des speculativen Betriebs aller Wissenschaften verallgemeinert. Aehnlich wie man nach dem ersten Buch die Walpoles und Genossen vielleicht nicht für typische Vertreter des englischen Volks gelten lassen wollte, so brauchte man jene Zeichnung der Gelehrten auf der fliegenden Insel nicht für allgemein giltig anzusehn. Ja, Sir Isaak Newton, der Begründer der Optik, sieht das Nächste nicht und merkt nichts von einem Auflauf unter seinem Fenster; ja Richard Bentley, der Reformator der Philologie, weiß wie ein Stuhl auf lateinisch und hebräisch heißt, aber nicht, wie man darauf sitzen soll. Aber muß deshalb jeder Gelehrte unpraktisch sein? Gut, erwidert Swift; sehen wir zu, was diese Wissenschaften aus praktisch und frugal aufgewachsenen Menschen machen. Nicht nur die Gelehrten sind unbrauchbar, sondern die Wissenschaften selbst sind es.

Diese Steigerung bringt ein neues Beispiel jener satirischen Klimax zu Stande: die Rechner von der fliegenden Insel, sagt Gulliver, sehen mit Verachtung auf dies zwecklose Bemühen herab. Der Narr, der sich doppelt lächerlich macht, indem er den andern Narren auslacht — das ist das Wesen dieser Figur; und man fühlt, wie gefährlich dies wirksame Kunstmittel die Satire ihre Spitze gegen die eigene Brust richten läßt.

Die Akademie nun ist voll von Gestalten, die in unerschöpflicher Fülle Swifts Hohn auf alles gelehrte Treiben verkörpern. Es ist recht ein Text auf das Thema „Verachte nur Vernunft und Wissenschaft" — und auch der Schlußsatz gilt. Vor allem ist hier jene genial gedachte Figur hervorzuheben, auf die schon hingedeutet wurde: der Blinde, der andere Blinde die Farben durch Gefühl und Geruch unterscheiden lehrt. Der Hohn auf die Unzulänglichkeit des menschlichen Verstandes kann schwerlich in einem wirksamern Bild veranschaulicht werden: nicht blos Stückwerk ist all unser Wissen, nein, es ist Bemühung mit groben und hierzu absolut unverwendbaren Organen zu erfassen, was zu begreifen uns von der Natur versagt ist. Aber dieser Blinde findet in der Akademie viel Anerkennung. Und nun diese Anerkennung gelehrten Strebens, das ganze Bemühen des fleißigsten Schülers, der Autoritätsglaube, wie das Vertrauen zu einem älteren Meister überhaupt — all dies auf einmal straft der große Satiriker im Vorübergehn mit den

Worten ab: „Zu meinem Unglück hatten die Lehrlinge damals noch keine großen Fortschritte gemacht, und auch der Professor versah sich jeden Augenblick."[28]) „Jeden Augenblick" — wie dies verächtlich dem Gelehrten zugesteht, hin und wieder möge er wohl auch richtig raten! — Die kleine Stelle allein würde Swift neben den größten Satiriker der Welt, neben Cervantes stellen; und wer über sie hinweglesen kann, oder sie leicht zu vergessen vermag wenn er sie gelesen hat — der muß nicht nur für Satire wenig Verständniß, sondern auch für die Wissenschaft wenig Herz und für das Interesse der Menschheit am Lernen wenig Sinn besitzen.

Daneben die verschiedensten Anwendungen wissenschaftlichen Bemühens, oder einer Geschäftigkeit, die so aussieht und immerhin dem Menschen sein Leben wegnimmt so gut wie eine zweckvollere Tätigkeit. Wie in Laputa das rein speculative Brüten wird hier der Versuch praktischer Anwendung ironisirt. Der sucht Zoologie oder Chemie für das Leben fruchtbar zu machen, indem er wollfreie Schafe züchtet (zugleich eine Anspielung auf die Unterdrückung der irischen Wollindustrie durch die Engländer) oder das Feld, statt es beackern zu lassen, von Schweinen durchschnüffeln läßt; der vervollkommnet die Baukunst oder die Technik überhaupt, indem er das Haus von oben her baut — ein seitdem oft verwandtes Bild — oder Luftsteine herstellt, die später in dem besten satirischen Roman der deutschen Litteratur, in Immermanns Münchhausen, mit manchen andern schon von fremder Hand behauenen Steinen eingebaut werden sollten. Dann die „Projektenmacher in speculativen Wissenschaften." Da findet sich die große Maschine, durch deren Drehen alle menschliche Weisheit sich von selbst zusammenschreibt und nur abgelesen zu werden braucht — an die scholastische

---

[28]) Gullivers Reisen II. 59.

Weisheit des Raymundus Lullus angelehnt eine Verspottung aller apriorischen Constructionen, die aus wohlgeordneten Elementen und zweckmäßig angebrachten Drehkurbeln alles von selbst sich entwickeln lassen und in der Stange, auf die sie die Elemente schieben, das geistige Band zu haben glauben und in ihrem Umdrehen ein Naturgesetz. Heut heißen sie Hegel und morgen Buckle, aber immer lösen sie das Exempel mit gleicher Leichtigkeit. Echt englisch stellt sich Swift wie Locke und Hume den Apriorikern gegenüber auf den Boden des entschiedensten Empirismus. Aber davon macht er eben Anwendung nicht nur auf die Philosophie, sondern auf alle wissenschaftliche Bemühung. Alle Wissenschaft, womit sie sich auch beschäftige, geht darauf aus, Gesetze zu finden, d. h. zahllose Einzelheiten unter eine gemeinschaftliche Regel zusammenzufassen. Hierzu ist der Mensch ganz auf seine groben Sinne angewiesen; nur tasten kann er, was in seiner nächsten Nähe ist; jeder Versuch, wie jener Blinde von dem Ding mehr auszusagen, als er tastend ausfindig machen kann, ist vergeblich, weil er eine Kompetenzüberschreitung des mit den unzulänglichsten Mitteln begabten Menschen ist. Höheres kann nur die Offenbarung geben. Aber das Streben der Naturwissenschaften, aus den praktischen Erfahrungsregeln Naturgesetze zu machen, erscheint dem Empiriker als ein Versuch, Offenbarung zu erzwingen. Nur daß etwas in der Regel geschieht wissen wir; daß es geschehen muß, könnte nur Gott sagen. Was hilft also wissenschaftliches Streben? Geht ihr deductiv vor, so dreht ihr nur den lullischen Rahmen, der nie mehr sagt, als was von Anfang an ihr hinein geschrieben habt; arbeitet ihr inductiv, so verallgemeinert ihr in unerlaubter Weise ein paar Resultate im Greifen und Erraten der Farben. Wollt ihr eure Weisheit verwerten, so hilft euch das höchstens dazu, umständlicher und unpraktischer das zu thun, was der Ungebildete einfach tut: ihr streut Trüffeln in die Furchen, damit die Schweine danach schnüffeln und das Land dadurch pflügen; der Bauer zieht es vor, den Pflug zu gebrauchen.

Ich übergehe andere Projekte, so die sehr witzigen aus dem Gebiet des Staatslebens und die höchst interessanten betreffs der Sprache. Das Resultat ist überall lächerliche Unbrauchbarkeit.

Man darf diesen Standpunkt ja nicht mit dem viel flacheren der utilitaristischen Schule verwechseln. Diese würde zwar die Zwecklosigkeit der sogenannten Geisteswissenschaften mit Vergnügen zugestehn: aber gerade aus der Anwendung der Wissenschaft auf die Technik leitet sie die Berechtigung der Naturwissenschaften her. Swift hingegen weiß nichts von dieser geschäftlichen Rangordnung der Wissenschaften nach ihrer durchschnittlichen Rentabilität. Er nimmt die Sache etwas tiefer; ihm ist die gelehrte Bemühung zwecklos, nicht weil man den Acker besser ohne sie bebauen kann, sondern weil sie nur umständlich und um den Preis eines Menschenlebens zu dennoch unsicheren Resultaten verhilft. — Daß dabei auch Spott auf thörichte Projektenmacher und „Erfinder" mit unterläuft, wie sie damals grade wie heut die mit neuem Glanz aufgehende Sonne der Naturforschung in besonderer Menge ausbrütete, das versteht sich, und ebenso werden bei Gelegenheit dieser Akademie denn auch die Gelehrten in der besondern Form des staatlich unterstützten Forschers, die Professoren, speciell zerzaust als schmutzig und eitel und bettelhaft und neidisch. Aber das Hauptthema bleibt doch immer die Zwecklosigkeit aller Forschung, weil die einzige Waffe des Menschen im Kampf um das Wissen seine so durchaus unzulänglichen Sinne seien. — Die Orthodoxie dieses Standpunkts ist nicht zu verkennen.

Wie wenig Swift auf jenem extremen Nützlichkeits-Standpunkt steht, zeigt in der Reise nach Lagado eine merkwürdige und anziehende Episode. Ein alter Herr, der an Gulliver Gefallen findet, wie er diesem durch sein mildes verständiges Wesen unter all den wilden Tollhäuslern auffällt, lädt ihn auf sein Gut, obwohl er es ihm kaum zu zeigen wage. Gulliver kommt und findet einen herrlichen, blühenden, romantischen Park voller Naturschönheiten. Er bewundert ihn, der Besitzer seufzt, wird verlegen, gesteht endlich gedrückt, wie viel Spott er schon darum habe ertragen müssen, daß er den Park so erhalte, statt den Boden ausbeuten zu lassen. Er habe schließlich kaum mehr zu widerstehn gewagt, aber so schön sei er bei Hof in Ungnade und beim Volk lächerlich. — Ist dies Bild nicht wahrhaft rührend: der alte Mann, dessen Ideale eine tolle Jugend verhöhnt und niederreißt, der, von Allen überschrieen, kaum selbst mehr sie festzuhalten wagt, der sich seiner Vernunft und seiner Selbständigkeit fast schämt und nun verlassen und einsam auf dem vor der Tollheit und vermeintlichen Weisheit des Tags geretteten Gut seiner Vorfahren sitzt? Man ist erstaunt, diese sentimentale Episode bei Swift zu finden, bei ihm, der alles Gefühl so oft verhöhnt, daß man ihm kaum noch ein Herz zutraut, eine an Goldsmiths Deserted Village erinnernde Idylle zu treffen; um so weniger kann man sich dem Eindruck entziehen, hier einen Ausbruch persönlichen Gefühls zu sehen. Die Anwendung des Bildes auf den Autor ist leicht gemacht; nur hatte er sich den Garten nicht zu erhalten gewußt! Hier tritt die Tendenz zum Urzustand deutlich hervor, aber zum Urzustand in Rousseauscher Fassung: ein Park ist vor dem, was sich Civilisation nennt und nur wahnwitzige Anmaßung gelehrter Weisheit und hohle Einbildung praktischen Nutzens ist, gerettet — nicht etwa ein stilles Stück Urwald; Natur, aber kultivirte Natur. — Diese kleine Episode ist Swifts Abschied von seinem letzten, lange verschwiegen gepflegten Ideal, jenem eines glücklichen Naturzustandes. Er fühlt, auch dies kann er nicht mehr lang behaupten; die zunehmende Zersetzung der Ideale muß auch diesen Traum zerstören. Sie zerstörte ihn in furchtbarster Weise.

Nun kommt Gulliver nach der Zauberinsel Glubbubdrib. Sie führt noch einmal jene erträumte glückliche Vorzeit zurück, aber schon fallen scharfe Streiflichter auch auf deren Glück. Swift geht ehrlich wie immer zu Werk. Als Vertreter der von Andern hochgepriesenen Tugenden, die er prüfen will, nimmt er nicht zweifelhafte Typen aus der Gegenwart, sondern Gestalten, die er selbst anerkennt, aus einer Zeit, der er die Möglichkeit der Tugend zugesteht. Zunächst bekommen aber hierbei die Geisteswissenschaften ihr Teil. So wenig die Naturwissenschaften über die einzelnen vorliegenden Tatsachen zum Gesetz zu gelangen vermögen, so wenig können die philologisch-historischen Disziplinen über die erhaltenen Reste zu der echten Vergangenheit kommen. Wie nur Offenbarung die wahren Gesetze, kann nur Zauberkunst das wahre Altertum enthüllen. — Doch sind hier die Streiche milder: Alexander der Große versteht das Griechisch nicht, das man in den englischen Schulen lernt; Hannibal berichtigt Vermutungen der Historiker. Man sieht nun auch, in wessen Hand der Nachruhm liegt. Die wahren Träger des Verdienstes erfährt der Geschichtsforscher nicht; ihm wie der Gegenwart werden sie durch die Namen der vornehmeren Führer verdeckt. — Homer und Aristoteles machen sich über ihre Erklärer lustig. Einige pikante Vermutungen über die vergebliche Arbeit der Genealogen fehlen nicht.

Aber trotz dieser Unzuverlässigkeit der Tradition behauptet doch Swift, die sechs tugendhaften Männer zu kennen, „denen alle Zeitalter der Welt den siebenten nicht hinzufügen können:" es sind die beiden Brutus, Sokrates, Epaminondas, Cato der Jüngere und Sir Thomas More. Also, heißt das, sechs Menschen hat es im Ganzen gegeben, die tugendhaft und groß waren, das ist Alles; es lohnt nicht davon zu reden! Grade wie Swift einmal schreibt: Gäbe es nur zwölf Arbuthnots, so wollte ich Gullivers Reisen verbrennen![29] Aber es gibt eben nicht zwölf Gerechte!

Die Auswahl übrigens jener sechs ist wenig charakteristisch. Mindestens die Wahl der antiken Beispiele steht unter dem Einfluß der traditionellen Schuldeklamation. Wenn aber als einziger Moderner Thomas Morus beigefügt wird, so deutet das auf geistige Beziehungen Swifts zu jenem merkwürdigen Mann. Sein Utopien mag nicht ohne Einfluß besonders auf jenen pädagogischen Exkurs im ersten Buch gewesen sein. — Vor allem aber sind diese Tugendhaften fast alle Märtyrer ihrer Tugend geworden, und das zeigt mit andern Andeutungen, was auch schon im alten Griechenland und Rom das allgemeine Schicksal der Tugend war.

Anknüpfend an die Ungerechtigkeit, die schon in Rom die wahren Sieger gegen Lieblinge des Hofs zurückschob, kommt ein kleines Kapitel über Günstlingswirtschaft und Willkür am Hofe von Luggnag. Die giftige Persiflage zeigt nicht mehr direkte Anspielungen auf britische Verhältnisse, sondern allegorische und freierfundene Bilder. — Dies beleuchtet denn zugleich die Berechtigung des Strebens nach weltlichen Ehren und einflußreichen Stellungen.

Wer nach Weisheit und Kenntniß strebt und nun daran verzweifeln muß, durch wissenschaftliche Bemühungen vorzubringen, der erhofft sie vielleicht von langer Lebenserfahrung. Swift gibt den Strulbbruggs in Luggnag (die erfundenen Namen, überall mit großem Geschick komponirt, nehmen einen immer dunkleren Klang an) mehr als das: Unsterblichkeit. Und hier beim Anblick dieser von ihm begierig erwarteten Unsterb-

---

[29]) Works VIII. 45.

lichen verliert Gulliver die Objektivität des Berichterstatters, indem er entsetzt ihr Elend schildert. Dieser Gefühlsausbruch ist erklärlich genug; Niemanden konnte diese Vorstellung mit größerem Schauder erfüllen als Swift, der seit lange seinen Tod ersehnte.

Von dem „milden" König von Luggnag empfohlen kommt Gulliver nach Japan. Hier wird ihm auferlegt, das Kruzifix mit Füßen zu treten, wie die Holländer es tun. Gulliver, der sich selbst für einen Holländer hat ausgeben müssen, bittet ihn davon zu befreien. Und nun folgt wieder ein unscheinbarer Satz, mit höchster Kunst und Eleganz gebaut, der eine wildere Schmähung der Christenheit enthält, als alle Bände Voltaires und aller Kirchenfeinde gegen die Verehrer Christi schleudern konnten. Der Kaiser ist erstaunt: „Gulliver sei der erste seiner Landsleute, welcher in diesem Punkte Bedenklichkeiten geäußert habe; somit hege er Zweifel, ob er ein wirklicher Holländer, und Verdacht, ob er ein Christ sei. . . . "[30]

Das ist Swifts Meinung von der Religiosität, auf die grade sein Vaterland immer so stolz war. Christ sein, das heißt Christi Bild mit Füßen treten. Es ist dasselbe, was in unendlich zahmerer Form das Märchen von der Tonne sagt. Das Christentum kann nichts leisten, sagt der Geistliche, denn es gibt gar keine wahren Christen.

Und weiter: ein Holländer, der das erfährt, ist wütend über Gullivers Benehmen und verrät ihn, doch vergeblich. — Ohne Zweifel, der Patriotismus war in Swift noch nicht so abgestorben, daß nicht in dieser Episode zugleich der Haß gegen Holland, in Bigotterie und — Handel Englands Nebenbuhlerin, zum Ausdruck kommen sollte. Aber der Hauptaccent fällt doch auf die Religion, nicht auf das Vaterland derer, die durch Beschimpfung ihres Glaubens Handelsvorteile erkaufen.

---

[30] Gullivers Reisen II. 142.

Dabei übersehe man nicht: die Religiosität verhöhnt der Dechant, nicht die Religion. Nirgends hat er das Christentum selbst angegriffen; nein, sein Held weigert sich auf das Kruzifix zu treten. Und grade weil er an die Religion glaubt, erscheint ihm die menschliche Unzulänglichkeit aufs Neue betätigt: den Forderungen des Glaubens genügt der Mensch grade so wenig wie denen der Vernunft.

Und so sind nun alle Ideale zernagt und zerrissen. „Du hast sie zerstört, die schöne Welt, mit mächtiger Faust; sie stürzt, sie zerfällt." Erbärmlich ist alles und nicht der Mühe wert, wonach der Mensch auch strebt: Ruhm und Weisheit, Frömmigkeit und Wissenschaft — Alles ist eitel. Nirgends eine Höhe, die der Mensch suchen sollte zu ersteigen als erste Stufe zum Himmel — es sind lauter Sandhäufchen, zusammengetragen von Maulwürfen, und der Mensch, ob er sich noch so stolz auf das Hügelchen stellt, ist dem Unsterblichen nicht näher. Das sind, ruft Swift von den Ruinen herab, das sind eure Ideale! Das ist Alles, was zu erstreben und zu erreichen im besten Fall euer armer Sinn ausreicht!

Und nun, nachdem er den Menschen alles blendenden Schimmers der Gottähnlichkeit beraubt hat, nachdem er jeden Versuch, aus der irdischen Erbärmlichkeit sich zu Höherem aufzuschwingen, aufzuarbeiten mit Hohn abgewiesen, nun geht er daran, uns den Menschen zu zeigen, wie er ihn nun zurückgelassen hat: nackt, arm, roh, hilflos, erbärmlich, wie den armen Toms im König Lear. Nichts ist mehr übrig gelassen, was zu verspotten wäre; was da ist, das hat er mit Hohn übergossen und hat jede schützende Hülle dem menschlichen Elend heruntergezerrt. Es bleibt nur noch übrig, das Resultat uns nochmals vor Augen zu stellen. Kein Fortschritt der Menschheit ist denkbar, kein Fortschritt der Menschen; und nun, wenn all der scheinbare Fortschritt, wenn alle Civilisation unterbliebe —

was hätten wir? Ist der Mensch im Urzustande wirklich besser? Oder ist der Mensch durch alle Zeiten und Veränderungen hindurch dasselbe so erbärmliche als verabscheuungswürdige Geschöpf? Was ist der Mensch ohne alle Zutat, der Mensch, wie ihn Gott geschaffen hat?

Und hierauf antwortet nun jenes entsetzliche vierte Buch. Thackeray hat seinen Inhalt mit einem Citat aus dem Buch selbst hart aber gerecht charakterisirt.[31]) Es ist kein Kunstwerk mehr, es ist kein Buch — es ist lauter Wut, zähnefletschende ohnmächtige Wut, die im Wahnsinn des Hasses alle Scham vergißt und alle Logik mit Füßen tritt. Es ist das fieberhaft zitternde Rachegeheul eines Todfeindes, der verzweifelt, weil er seine Feinde nicht alle zerfleischen, zerkrallen, zerreißen kann. Es ist eine wahnwitzige Schmähschrift auf das Menschengeschlecht; es sind die Delirien eines in der Ueberaufregung des Kampfes sterbenden Giganten, der seine letzte Kraft sammelt, um den Göttern ins Gesicht zu speien.

Halten wir uns bei dem unseligen Buch so kurz wie möglich auf; zu erklären bleibt wenig, was es sagt, sieht Jeder. Die Frage, die zunächst entsteht, ist die: was bestimmte Swift, als Gegenbild der „Yähus" — wie seine tierischen Menschen heißen — grade Pferde zu wählen. Eine persönliche Vorliebe mag im Spiel gewesen sein; doch der Hauptgrund ist wohl, daß das Pferd das am meisten vom Menschen gedemütigte Haustier ist. Ein Tier aber mußte das Gegenbild zu den tierischen Natur=menschen liefern — hätte Swift Idealfiguren ersonnen, so wären diese ohne Frage zu menschenähnlich geworden; ein Engel, und bestände er nur aus Kopf und Flügeln, erinnert durch das Gesicht noch immer an den Menschen. Das durfte nicht sein — jede Beziehung zwischen dem Menschen und dem Idealwesen

---

[31]) Thackeray S. 38.

sollte vermieden werden. Aber das war freilich kaum durchzuführen und so sind diese edeln Pferde denn schließlich — was ein wahrer Trost für den Leser des unglücklichen Buchs ist — doch bloß verkleidete Menschen. Swift fällt, wie schon Herder bemerkte,[32]) aus der Rolle, wenn er sie auf Strohmatten kauern läßt, die weder sie bereiten konnten noch diese Jähus; es ist ein unmöglicher Zug, daß Gulliver Mühe hat, ihnen den Begriff verschiedener Laster klar zu machen, den sie längst an diesen Mensch=Tieren wenigstens im Keim kennen gelernt haben müßten. Der Swift der ersten Bücher hätte die Verkleidung anders auszunutzen gewußt; was ist an diesen edeln und weisen Gestalten, was an das Pferd erinnert?

Und man möchte weiter fragen: was haben diese scheußlichen Jähus noch, das an den Menschen erinnert? Swift wiederholt hier zum ersten Mal ein schon einmal ausgeführtes Motiv, indem er — wie in Brobbingnac — seinem Herrn die englischen Zustände beschreibt; es ist ein bequemes Mittel, sich nochmals in aller Breite des giftigen Grolls gegen seine Heimat zu entledigen, den er angesammelt hatte. Aber so furchtbar diese Schilderung auch alle Laster und Sünden des Menschengeschlechts, nach Tiefe und Ausdehnung der Verderbnis greulich übertreibend, ausmalt — mit den viehischen Jähus haben diese Menschen doch nichts weiter gemein als den Hang zum Laster selbst. Doch das ist eben Swifts Meinung. Der Mensch ist in moralischer Hinsicht das niedrigste Tier, von vornherein mit einer unwiderstehlichen Neigung zu allem was schlecht und schmutzig ist, ausgestattet; und alle menschliche Entwicklung dient nur dazu, diese Tendenzen zu schrecklichster Größe und Form auswachsen zu lassen. Das ist die Summe seiner Geschichtsphilosophie.

---

[32]) Herders sämmtliche Werke. Stuttg. u. Tüb. 30, Zur schönen Lit. u. Kunst XVII. S. 117.

Die reiche Phantasie Swifts erschöpft sich in Bildern der Bestialität dieser Wesen, welche wir mit noch größerem Schauder uns als unsers Gleichen vorgestellt sehn als Gulliver. So weit wir uns längst von dem Bilde von Rousseaus friedlich flötenspielendem Naturmenschen entfernt haben — von dem Jähu Swifts steht auch die niedrigste Vorstellung von unsern Urahnen meilenweit ab. Und nun nochmals die Schätze dieser Elenden! Sie verstecken einen glänzenden Stein und heulen, wenn sie ihn nicht wieder finden — was ist Habgier anders? Sie berauschen sich in dem Saft einer schmutzigen Wurzel, wie ihr im Wein euer Leid zu vergessen sucht. Und nochmals, Macht, Einfluß — was ist das? Die Jähus haben einen Herrscher, „der gewöhnlich häßlicher und boshafter als die übrigen Jähus ist" — [33]) doch was über seinen Günstling erzählt wird, unterdrücke ich, obwohl der Hofmann Chamfort nicht verschmäht zu haben scheint, es sich in gemilderter Form zu eigen zu machen. Doch man sieht aus dieser Art, wie Swift auch hier nochmals, wie schon im dritten Buch, auf Günstlingswesen und Einfluß bei Hof zu sprechen kommt, wie sehr ihm das am Herzen lag, was ursprünglich ihm die Feder in die Hand gedrückt hatte. So verwandelt sich das Bild zugleich in den schneidendsten Hohn gegen den Autor selbst: das hast du erstrebt! Und dies ist die Rolle, die Gulliver hier überhaupt spielt. In Lilliput war er der Größte, in Brobbingnac war er der Kleinste; in Laputa war er der unbeteiligte Zuschauer; hier steht er in der Mitte, aber während er nach oben will, wird er nach unten gestoßen. Ja, Jonathan Swift, und bist du auch so viel mehr als die Meisten, als Gulliver mehr ist als die Jähus — du bist doch ein Mensch. Du gehörst zu ihnen, und wenn du dich höheren Geschöpfen gleichzustellen,

---

[33]) Gullivers Reisen II. 239.

gleichzumachen versuchst, so weisen sie dich ab. Für dich ist kein Platz unter ihnen — du mußt zurück zu den Menschen. Und so kommt der Schluß des Gulliver, die grausamste und roheste Stelle vielleicht in dem ganzen grausamen und rohen Buch. Gulliver kehrt heim — seine Frau und seine Kinder stürzen ihm entgegen und umarmen ihn — aber die Berührung der Menschen wirkt so auf ihn, daß er in Ohnmacht fällt. Lange kann er sich an den Anblick der Menschen (Swift drückt sich noch härter aus) nicht gewöhnen. Sein einziger Umgang sind zwei Pferde und dann noch (wie Swift denn wirklich mit ganz Ungebildeten zu verkehren liebte) als einziger Mensch — der Stallknecht; denn der hat doch etwas vom Pferde angenommen ... Das ist das Ende des vierten Buchs; so lebt Gulliver nach Vollendung seiner Reisen unter den Menschen. —

Werfen wir nun auf das Hauptwerk Swifts einen Blick zurück, so erstaunen wir über die Größe der Conception, in der Gullivers Reisen von keiner andern Satire erreicht wird. Ausgehend von einer nahezu rein persönlichen Satire auf politische Persönlichkeiten seines Vaterlandes erweiterte sich dem mit unnachsichtiger Strenge und unbeugsamer Konsequenz fortschreitenden Kritiker seiner Zeit der Kreis seiner Satire mehr und mehr, bis er schließlich die ganze Menschheit, nicht nur seiner Zeit, die Menschheit als solche, den Menschen mit all seinen Eigenschaften und Idealen umspannt und mit den Krallen des Hohns zerfleischt. Wir haben zu zeigen versucht, wie die ganze Entwicklung dieses Buchs sich mit Notwendigkeit aus der Richtung der Satire Swifts für einen so folgerichtigen und unerschrockenen Denker ergab. War sein Thema die menschliche Unzulänglichkeit, so konnte er keine rückblickende Satire schreiben, denn keine Zeit zeigt den Menschen über menschliche Höhe erhaben; auch Sokrates zur Zeit der gepriesenen Antike, auch Thomas Morus zur Zeit der bessern Vorfahren des damaligen

England wurden von der herrschenden Erbärmlichkeit erdrückt. Wenn es aber eine ideale Menschheit nie gegeben hat — kann sie wenigstens gedacht werden? Um die Frage zu beantworten, experimentirt Swift mit der Menschheit. Denken wir uns die Menschen jetzt in Zwerggestalt, jetzt in Riesengröße; jetzt in den Wissenschaften, die vor allem den Verstand schärfen sollen, von Kind an auferzogen, jetzt in völliger Wildheit aufgewachsen; jetzt unsterblich. — Nie ist ein Dichter kecker mit der Menschheit umgegangen; nie hat einer mit so souveräner Verachtung an dem Erdenkloß geformt wie er — nie einer den kühnsten Beispielen dieser Schöpfungskraft ein so folgerichtiges, ein bei aller Unmöglichkeit so wahrscheinliches Leben eingeflößt. Und er geht mit größter Ehrlichkeit zu Werke; ein Geringerer hätte in den Thon vielleicht einen kaum merkbaren Stoff eingemischt, der ihm gedient hätte, in der Formung der Gestalt sich zweckdienlich zu versehn — er tut es nicht. Ehrlich gesteht er all und jede Folgerung seiner Voraussetzungen zu — und immer ist das Schlußergebniß die Unzulänglichkeit des Menschen. Hier mag eine günstige Voraussetzung diese Tugend befördern, dort jene — oder vielmehr nach Swifts Anschauung, hier mag der eine Keim zu Schmach und Laster unterdrückt werden, dort der andere; aber Höheres als so geringe Besserung zeigen auch die glücklichsten Zeiten nicht. Swift kann kein volles und großes Menschengeschlecht ausdenken — dazu reicht auch ihm die Kraft nicht. Es bleibt dabei. Jeder Satiriker ist ein Arzt — er aber hat eine unheilbare Krankheit zu behandeln. Alles ist umsonst; dem Patienten kann Niemand helfen — und der Arzt hat sich vergiftet. Er ging ans Werk noch nicht ohne jede Hoffnung — er scheidet vom Krankenbett mit einem höhnischen Gelächter über den Kranken. Was ist, ist erbärmlich; es bleibt dabei.

Das ist die Moral von Swifts Gulliver. Aber die Geschichte des Autors hat auch ihre Moral, ihre Moral für sich — und nicht minder die Geschichte des Buchs.

Swifts Stellung erlitt keine Aenderung durch die Veröffentlichung des Gulliver. In keinem andern Lande hätte dies Buch gedruckt werden können; ein Anderer als Swift hätte es vielleicht auch in Großbritannien nicht ungestraft ans Licht gegeben. Defoe mußte am Pranger stehn wegen Religionsverletzung. Aber der Autor der Reisen Gullivers predigte nach wie vor seiner Gemeinde und wurde von ihr verehrt, und wenn er ihnen sagen ließ, auf Anordnung des Dechanten von St. Patrick sei die Sonnenfinsterniß verschoben, verliefen sich seine Pfarrkinder. Sie müssen doch an ihn geglaubt haben. Und auch ich meine, man tue ihm schweres Unrecht, wenn man ihn für einen Heuchler hält. Thackeray hat gar den Grundton seiner Verzweiflung in dem vergeblichen Kampf gegen den eigenen Unglauben gesucht. Aber nach Swifts Auffassung von der menschlichen Urteilskraft war es gewiß seine aufrichtige Ueberzeugung was er in seiner Predigt über die Dreieinigkeit lehrt: „Jeder muß den Regeln und Anleitungen des Maßes von Vernunft folgen das ihm Gott gegeben hat. Er kann gar nicht anders, wenn er ehrlich sein, wenn er wie ein Mann handeln will. . . So könnte ich, wenn die Bibel mir direkt sagte, drei sei eins, und eins sei drei, das nicht verstehen oder glauben, in dem gewöhnlichen Sinn dieses Ausdrucks; sondern ich muß dann annehmen, es sei etwas Dunkles und Mystisches gemeint, welches es Gott gefiel vor mir und vor aller Welt zu verbergen."[34] Das ist eben so streng orthodox, als es zu allen Anschauungen Swifts stimmt. Diese göttlichen Geheimnisse mit den schwachen Mitteln des Menschen enthüllen zu wollen, wäre ihm wieder lächerlich zugleich und sündhaft erschienen. Nein, er glaubte an seine

---

[34] Works I. 256.

Religion, und er glaubte vor allem an seinen Gott. Jonathan Swift war nicht der Mann, die Gottesidee unverhöhnt zu lassen, wenn er sie bestritten hätte, und nicht der Mann, sie unbestritten zu lassen, wenn er sie einmal anzweifelte. Was Voltaire wagte, das zu wagen hätte Swift noch längst den moralischen und den persönlichen Mut besessen. Nein, er glaubte an Gott, und weil er an ihn glaubte, schämte er sich vor Gott seiner Mitmenschen. Wären wir hier ganz unter uns — wen ginge es an, wie wir sind? Aber daß Einer da sein soll, neben dem wir Alle bis herauf zu dem großen Jonathan Swift erbärmliche Nullen sind — das vor allem bringt Swift außer sich. Und daß er daran verzweifeln mußte, an Gottes Hof je eine Rolle zu spielen, das ließ den stolzen Mann jede öffentliche Bewerbung um Gottes Gunst verschmähen; in Heimlichkeit verrichtete er seine Andacht und halb gegen seinen Willen bricht er in Gebete aus. Aber nie verließ ihn das gewaltige Bild Gottes. Denn eben dies ist das Idealbild, an dem der Autor des dritten und vierten Buchs den Menschen mißt, und neben dem er ihn so unzulänglich, so erbärmlich, so arm findet — dies nie geschilderte Gegenbild ist Gott, der persönliche Gott. Auch darum ist nie von der Kunst die Rede bei dem Lobredner der Antike, denn „die Kunst, o Mensch, hast du allein." Es sind die Prädikate Gottes, mit denen menschliche Schwäche verglichen wird: Allweisheit neben unsern geringen Verstandeskräften, Allmacht neben unserm winzigen Können, Allgüte neben unsern halben Tugenden. Aber freilich brachte Swifts verstandesmäßige und nüchterne Natur auch in der Gottesverehrung die größte Bewunderung nicht der Macht oder Güte Gottes entgegen — die bei allen Theologen durch das Problem vom Ursprung des Uebels bedrängt werden — sondern seiner Weisheit. Wir erinnern noch einmal an seine so charakteristische Schilderung des Jüngsten Gerichts.

So lebte Swift in der Verbannung, aller Aussichten nicht bloß, nicht nur bald alles geistesverwandten Umgangs, sondern aller Hoffnung und jeden Ideals beraubt; mit eigner Hand hatte er seinen Garten niedergehauen und saß nun einsam in der Wüste. Was hatte er noch? Seinen Gott, den er nicht liebte, sondern scheute. Das Bewußtsein eines selten großen Geistes, der ihm zu nichts verholfen hatte als zu seinem Elend. Und besaß er sonst nichts, das ihn trösten konnte? Zwei weibliche Herzen haben ihn geliebt. Aber hielt die ganze Zeit wenig von den Frauen, so vielleicht Niemand weniger als er. In dem ganzen Gulliver hält er es kaum der Mühe wert, von ihnen zu sprechen. Verstand oder Tugend traute man ihnen so wie so nicht zu. Wir erstaunen heut über die Schwäche von Jagos Intrigue, die den Othello doch überzeugt; aber für das Urteil jener Zeit war die Untreue einer Frau von vornherein so wahrscheinlich, wie uns heutzutage etwa ihre Neugier ist. Schönheit konnten sie besitzen; aber eben als Frauengut kam die Schönheit in Verruf. Dazu kam noch, daß wirklich damals, als noch nach Freytags Bemerkung die Schönheit der Frauen vor den Blattern und ihren Narben weniger gesichert war, die Erfahrung von der Verlierbarkeit der äußern Reize so viel allgemeiner war. Und so sahen wir denn schon, wie bereits im zweiten Buch Swift die Schönheit abfertigt. So ist also das einzige Gute, was eine Frau haben kann, nichtig. Die Frau ist danach der Mensch in seiner unbrauchbarsten Form; das Kind kann doch wenigstens Mann werden. Der Vollständigkeit wegen wird zwar im vierten Buch auch auf sie Gift und recht scharfes Gift geschüttet, — die Frau ist eitel und schwatzhaft, coquett und neidisch von Anfang an. Im Allgemeinen aber steht sie zu tief, um ihm nur einzufallen! Was denn konnte dem stolzen Satiriker die Herrschaft im weiblichen Herzen sein? Nichts, wenn er konsequent war. Aber wir wissen, daß er das Glück hatte, hier nicht konsequent zu sein. Er wurde nicht bloß geliebt — nein, er, der furchtbare Verächter des Menschengeschlechts, er, dem die Frau doppelt verächtlich war — er hat auch geliebt. Was über jene Locke seiner Stella, die er als Heiligtum aufbewahrte mit der Aufschrift: „Nur ein Frauenhaar", zu sagen ist, das hat Thackeray schön und tief gesagt, doch auch hier nicht frei von seiner Härte gegen Swift.[35]) Hier war noch ein Ideal, das fortlebte in der allgemeinen Zerstörung; hier war noch ein blühender Garten in der Wüste, und Swift schämte sich des geschonten Lieblings — aber er bewahrte ihn. Der unglücklichste der Sterblichen, das bedauernswerteste aller Genies, er, der durch die Ueberkraft seines irregeleiteten Verstandes aus einer einzigen Helle des Gedankens herübergerissen wurde in die öde Nacht des Stumpfsinns — eh diese Nacht mehr mildernd als zerstörend seinen kranken Geist umhüllte, eh der Schlaf diesem ruhelosen Denker die Ruhe gab, da war er doch nicht ganz allein, nicht ganz verlassen; um den müden Weltzerstörer schwebte eine liebliche Gestalt und legte ihre zarte Hand auf diese tobende Stirn — und halb unwillig abwehrend, halb gläubig lächelnd ging er hinüber in die Nacht.

Erst nach Jahren dieses Dahinsiechens schloß der Tod die Augen auch seines Körpers. Jetzt ist er lang dahin — und sein Buch? Tausende und Tausende lesen noch heut Gullivers Reisen — und Kindergesichter lächeln über die zarten Zwerglein und die ungeheuern Riesen und Kinderhändchen klatschen fröhlich, wenn der große Gulliver die feindliche Flotte in den Hafen zieht, oder der kleine Gulliver aus den Pfoten des Riesenaffen gerettet wird. Die furchtbarste und blutigste Satire, die je geschrieben, die je gedacht ward — sie lebt fort als ein Kinder=

---

[35]) Thackeray S. 51.

buch. Was der große Denker aus jenem wilden Kampfe davontrug, der die lebendige Hälfte seines Lebens bildete, und was er als Vermächtniß des stärksten der Menschenfeinde hinterließ — diese Welt der allgemeinen Erbärmlichkeit, diese Welt ohne Hoffnung und Trost ist uns zu einem Märchen geworden. Den einen Teil liest kaum noch Jemand — und es ist besser so — denn Niemand zweifelt mehr an dem, was Swift einst für widerlegt hielt; auch dies sind uns Märchen, aber widerliche, krankhafte Träume, die wir uns fernhalten. Den andern Teil, umkleidet mit der vollen Eleganz eines siegbewußten Witzes, ein Märchen über die Welt, noch nicht von Menschenhaß blutig gefärbt, nur im sorglosen Ton der Menschenverachtung geschrieben — dies Märchen geben wir ruhig den Kindern in die Hand und ihr fröhliches Lachen übertönt das grimmige Gelächter des alten Kinderfeindes. Wir wissen, daß diese Welt Swifts ein Märchen war, diese Welt ohne Hoffnung und Trost, denn wir wissen, daß selbst ihm, dem kranken Herzen, dessen aufgeregte Sinne diese Welt so wiederspiegelten, daß selbst ihm in das Elend seiner Welt erwärmend und beleuchtend ein Sonnenstrahl fiel — ein Strahl von dem Glanze der unerschöpflich reichen, der unermüdet treuen, der unwiderstehlich herrlichen Sonne Frauenliebe.

Georg Christoph Lichtenberg.

Der Mann, dessen Bild ich hier vorzuführen versuchen will, hat in keiner Weise in das öffentliche Leben bedeutungsvoll eingegriffen. Aber auch in der Wissenschaft, die ihm Lebensberuf war, hat nur eine unwichtige Erfindung — die der sogenannten Lichtenbergischen Figuren — seinen Namen bewahrt, und seine schriftstellerische Tätigkeit endlich, weitaus die wichtigste Seite seiner Leistungen, ist — leider — fast gänzlich vergessen. Und doch war Georg Christoph Lichtenberg ein Mann von seltener Originalität, von großem Scharfsinn, reich an Witz und durchbringender Menschenkenntniß. Was ihn aber vor allem zu einer interessanten Erscheinung macht, ist dies, daß bei aller Eigenart er in gewissem Sinne eine typische Erscheinung ist. Lichtenbergs Leben und Wesen ist charakteristisch für die Zeit, in der aus dem alten deutschen Gelehrtentypus die Gestalt des modernen Forschers sich herausbildete. Weil seine merkwürdige Erscheinung nur aus diesen Verhältnissen heraus sich erklärt, sei es gestattet, dieselben etwas ausführlicher auseinanderzusetzen.

Der Gelehrte der älteren Zeit lebte in seinem Studium völlig abseits von dem Leben des Tages; kein Pfad führte aus seiner Welt in die der allgemeinen Interessen. Die wenigen

Der Gelehrte alter und neuer Zeit.

Gelehrten des 17. und 18. Jahrhunderts, die in das Leben wirksam hinaustraten, wie Leibniz und Thomasius, standen zu den Universitäten im Gegensatz. Heut lebt wohl kein Gelehrter, den nicht irgend ein politisches, künstlerisches, humanitäres Interesse an das öffentliche Leben fesselte. Zum Teil beruht das allerdings darauf, daß überhaupt der Anteil an den großen Fragen so viel allgemeiner geworden ist, seitdem die uralte germanische Volksversammlung wieder auflebte und seitdem das freie Wort zu der Menge gesprochen, das trotz Schrift und Bücherdruck stets die Seele aller geistigen Bewegung bleiben wird, nicht mehr seine einzige Stätte auf der Kanzel hat. Aber wenn diese Veränderung tiefer als irgend einen andern Stand den Gelehrtenstand ergriff, so lag das begründet in der Reform der Wissenschaft selbst. Zweierlei scheidet vor allem den modernen Betrieb der Forschung von dem älteren: theoretisch der Begriff der Entwicklungsgeschichte, praktisch die strengere Arbeitsteilung. Das verrufene Specialisiren — das natürlich übertrieben werden kann und übertrieben wird — ermöglichte es erst dem Geist, auf einem einzelnen Punkt festen Fuß zu fassen und von hier aus den Stoff zu beherrschen. Ein hervorragendes wissenschaftliches Interesse, auf einen Punkt gerichtet, ist notwendig zu der schwierigsten aller wissenschaftlichen Vorfragen, zu der Scheidung zwischen Wichtig und Unwichtig. Jene z. B. noch von dem berühmten Philologen Ritschl ausgesprochene Ansicht von der völligen Gleichberechtigung aller wissenschaftlichen Fragen führt unabweislich zum toten Anhäufen von Material. Erst der Geist einer einzelnen Frage bringt Leben hinein, beseitigt Ueberflüssiges, trennt und vereint. Und so schuf erst das Specialisiren dem Forscher wieder Luft zum Denken, nachdem lange, wie unser Lichtenberg sagt, das Wissen aus einem Buch in das andere am Kopf vorbeigegangen war. — Noch folgenreicher aber ward jene neue Anschauung, die auf dem Gebiet der Geisteswissenschaften mit unermüdlichem Eifer Herder predigte. Der Begriff der geschichtlichen Entwickelung zwingt uns, wo wir Gegenwärtiges betrachten, uns des Früheren zu erinnern, und wo wir Vergangenes prüfen, an Vorhandenes zu denken. Eben diese Methode der wechselseitigen Erhellung, wie Prof. Scherer sie benannt hat, bringt nun aber auch die Forschungen auf dem Gebiete der sog. Geistes- und Naturwissenschaften unter eine höhere Einheit — und eben hierfür ist Lichtenbergs Wirken ein glänzender Beleg. Keineswegs ist es richtig mit der jetzt die populär-wissenschaftlichen Anschauungen dominirenden Naturwissenschaft zu behaupten, nur deren Methode sei giltig und auch unsere Disciplinen müßten sie annehmen und hätten schon begonnen sie anzunehmen. Dies Kunststück, die Philologen und Historiker zu Gefolgsleuten der Naturforscher zu machen, wird durch die Lehre zu Stande gebracht, die ersteren hätten von den letzteren das inductive Verfahren gelernt; als ob nicht z. B. die Grammatik von je auf strengster Induction beruht hätte. In Wahrheit kann keine Forschung die Induction entbehren und keine die Deduction; und in Wahrheit haben Naturwissenschaften wie Geisteswissenschaften beide erst von neuem beides zu verknüpfen lernen müssen. Früher blieb man hier wie dort entweder einfach vor dem festgestellten Factum oder Objekt stehen, oder man half sich hier wie dort durch von außen geholte Hypothesen. Seitdem aber der Begriff der Entwicklung diese Objecte und Facten verknüpft, sind auch die Vor- und Zwischenglieder — und sie ganz besonders — Gegenstand methodischer Betrachtung geworden — und eben hierin könnte Lichtenberg noch jetzt Vorbild sein. — Deduction zeigt, wo Analoga zu diesen fehlenden Mittelgliedern zu finden sind; Induction zeigt, welcher Art diese Analoga sind. In methodologischer Hinsicht wird also die exakte Forschung der Gegenwart durch diese wissenschaftliche Verknüpfung der Dinge gekennzeichnet, die den Gelehrten auf das tägliche Leben hinlenken muß. Denn was konnte schließlich ein Polyhistor der alten Schule von der Gegenwart lernen? Nun aber wollen wir die Entwickelung studiren und das können wir nur am lebenden Object, denn das Tote entwickelt sich nicht mehr. Wir vivisecieren Alle und diese unaufhörliche Spannung scheidet den nervösen Forscher unserer Zeit aufs Auffallendste von dem des 17. Jahrhunderts, den außerhalb der Studirstube nichts mehr an sein Studium erinnerte. Jetzt interessirt den Historiker jeder Wahlkampf im Dorfe und den Philologen jeder Sprachfehler in der Unterhaltung. Der Gelehrte kann seinem Studium jetzt gar nicht mehr entfliehen.

Diese hoch bedeutenden Tatsachen, die Reform der Wissenschaft und die Emancipation des Gelehrtenstandes knüpfen sich an den Namen der Universität Göttingen, mit der eben Lichtenbergs Tätigkeit aufs Engste verknüpft ist.

Die hannoverische Universität wurde 1737 gestiftet. Fast symbolisch scheint es, daß in demselben Jahre König Friedrich Wilhelm I. seiner Verachtung der Professoren von der alten Art herbsten Ausdruck lieh, indem er die Lehrer der Universiät Frankfurt zwang, mit seinem Hofnarren Morgenstern zu disputiren. Während sich hier der gesunde Menschenverstand gegen die alte eingetrocknete Schulgelehrsamkeit nachdrücklichst empörte, schritt man anderwärts zur zeitgemäßen Erneuerung veralteter Einrichtungen. Mancherlei Umstände wirkten zusammen, um aus der neuen Universität die erste moderne Hochschule zu machen. Vor allem war es der freie Geist, in dem sie begründet ward und den ihr allgemein verehrter erster Curator, Gerlach von Münchhausen, wahrte. Hannover gehörte damals zu England und war wohl der am liberalsten regirte Teil Deutschlands, wie auch Lichtenberg mehrmals aussprach. Die Welfen haben als Reichsfürsten viel gesündigt, aber als Landesfürsten haben sie fast stets segensreich grade für den Bürgerstand gewirkt, beidemal treu dem Vorbild ihres Stammheros, Heinrichs des Löwen, folgend. König Georg III. blieb der Georgia Augusta ein gnädiger Gönner, der auch gerade Lichtenberg mit seiner besondern Gunst beehrte: auf seiner englischen Reise ward der Göttinger Professor wiederholt zum König geladen, er speiste mit dem König und der Königin allein, und Georg III. besuchte ihn sogar einmal des Morgens, als Lichtenberg seine Toilette noch nicht vollendet hatte, was er launig beschreibt.[36]) Auch waren die drei Söhne des Königs seine Schüler, als sie in Göttingen studirten und durch ihr Beispiel Göttingen zur Prinzenuniversität jener Zeit machten. — Doch wichtiger als die Schüler waren natürlich die Lehrer. Benfey, der berühmte Göttinger Linguist, bezeichnet als das Charakteristische im Wesen seiner Hochschule die Richtung auf das Tatsächliche.[37]) Diese fand vorzüglichen Ausdruck in dem großen Mann, der vorbildlich am Beginn dieser Universität steht, Albrecht von Haller. Ueber der Eingangsthür des physiologischen Instituts der Berliner Universität verewigt Hallers Medaillon die dankbare Erinnerung an den Begründer der Wissenschaft, die wie keine andere zur Umgestaltung aller anthropologischen Forschung und vor allem der Medicin beigetragen hat. Und gleichzeitig mit der Physiologie erwuchs in Göttingen eine Wissenschaft, die dem Staat werden sollte, was jene dem Menschen ward: Achenwall begründete die Statistik. Alle Lebensäußerungen zu beobachten und zu verzeichnen, vorläufig ohne jede bestimmte Absicht oder Beurtheilung — das war das Ziel dieser so durchaus modernen, so voll im Leben

---

[36]) G. Ch. Lichtenbergs Vermischte Schriften. Göttingen 44—46. VII. S. 137.

[37]) Benfey, Geschichte der Sprachwissenschaft S. 325.

stehenden Disciplinen — und es ist zugleich das Motto für Lichtenbergs Studien.

Diese Richtung auf das Tatsächliche setzten andere Göttinger Professoren auf andern Gebieten fort: Heyne ward der Reformator der classischen Philologie, indem er die Realien zu Ehren brachte; Aehnliches versuchte für die orientalische Philologie Michaelis. Doch eine neue Gestalt nahm jene Grundrichtung an, als sie sich auf die tatsächlichen Zustände auch außerhalb des wissenschaftlichen Gebietes zu erstrecken begann. Haller hatte ein starkes politisches Interesse und nahm später an der Regierung seiner Vaterstadt lebhaften Anteil, wie er auch einen politischen Roman schrieb; der Kirchenhistoriker Spittler ward später Minister. Für die Universität Göttingen aber ist diese Neuerung doch vor allem an den Namen Schlözers geknüpft, des berühmten Historikers, der in seinen „Staatsanzeigen" den politischen Journalismus in unserm Vaterlande mit größtem Erfolg einführte. Es ist bekannt, wie man ihn fürchtete; Maria Theresia meinte bei einem wichtigen Staatsakt: „Aber was wird Schlözer dazu sagen?" Wichtig ward vor allem sein Kampf in der Sache Wasers, der in Lichtenbergs Göttingischem Magazin ausgefochten ward.[37a]) Der Diakonus Waser hatte über Mißstände in der aristokratischen Regierung Zürichs Berichte an die Staatsanzeigen eingeschickt; er ward entdeckt und trotz der Wahrheit seiner Anklagen hingerichtet. Unerschrocken erhob Schlözer seine Stimme zur Verdammung dieses Justizmordes — ein von ihm erfundenes Wort — und führte gegen die Entstellungsversuche der Züricher einen Kampf, der es wohl verdiente, neben Voltaires Kämpfen für Calas und de la Barre genannt zu werden, wäre er erfolgreicher gewesen. Aber er war darum nicht von geringerer

---

[37a]) Göttingisches Magazin der Wissenschaft und Litteratur 1781, 2, 153—229, 4, 72—92.

Bedeutung. Zum erſten Mal wurden aus Deutſchland die Fürſten wieder daran erinnert, daß es eine öffentliche Meinung gebe. Noch zwanzig Jahre früher, als einer der edelſten Männer Deutſchlands, J. J. Moſer, in der gleichen Weiſe wie einſt Nicodemus Friſchlin und wie ſpäter Schubart ein Opfer der Tyrannei eines Herzogs von Württemberg geworden war, er=hob ſich für ihn nur die Stimme der Fürſten: der aufgeklärte Despotismus nahm ſich Moſers an. Jetzt aber begann der Mittelſtand zu ſprechen und ſein Proteſt erklang von derſelben Stelle, von der aus 1830 mit den beſten Männern der Nation die Begründer der deutſchen Philologie, Jakob und Wilhelm Grimm, die öffentliche Meinung Deutſchlands aus langem Schlaf erweckten. — Weniger bedeutend als Schlözer ſpielte doch im damaligen Göttingen nach Hallers Abgang ein anderer Mann entſchieden die erſte Rolle: Abraham Gotthelf Käſtner. Er iſt früher ſo übertrieben geprieſen worden, daß man ihn jetzt übertrieben herunterzuſetzen pflegt. Für ſeine Wiſſenſchaft, die Mathematik, hat er freilich entfernt nicht die Bedeutung wie Heyne oder gar Haller für die übrigen. Als Dichter ſteht er hinter Haller, den er ſtets bewunderte, noch viel weiter zu=rück und iſt als Humoriſt und Satiriker mit Lichtenberg gar nicht zu vergleichen. Wenige treffliche Epigramme ausgenommen, wie jenes berühmte, das „Hippokrene" verdeutſcht,[39]) hat er nichts geſchrieben als gereimte Mediſance oder platte Dekla=mation. Aber daß Käſtner kein unbedeutender Mann war, dafür bürgt ſchon der eine Umſtand, daß er als junger Docent in Leipzig auf Leſſing großen Einfluß gewann. Käſtner, eitel, kleinlich und launiſch wie er war, iſt doch ein Charakter, den große Ueberzeugungen beſeelten, welche er nie verleugnet hat. Den Mittelpunkt ſeines Intereſſes bildete der Name, der der größte

---

[39]) „Nun wohl, Monsieur, wir können „Roßbach" ſagen!" Vermiſchte Schriften von A. G. Käſtner. Altenburg 1772 T. II. S. 266.

seines Jahrhunderts war: Friedrich II. Im Gegensatze zu
den meist rationalistisch oder gradezu freidenkerisch gesinnten
Collegen war er ein frommer obwohl duldsamer Christ; im
Gegensatz zu den kosmopolitischen oder partikularistischen Nei=
gungen seiner Zeit war er ein begeisterter Patriot. So stellte
Kästner sich zu Friedrich genau wie Klopstock: er verehrte den
Sieger von Roßbach und bekämpfte den Freund Voltaires.
Mutig hat er seine Ansichten verfochten und ward vor allem
nicht müde, die französischen Günstlinge des Königs zu ver=
spotten. Da wir vor Kurzem Moses Mendelssohns hundert=
jährigen Geburtstag gefeiert haben, will ich hier nur an Kästners
Epigramm auf Friedrichs Verhältniß zu diesem Weltweisen
erinnern:

> Ein neuer Dionys rief von der Seine Strande
> Sophistenschwärme her für seinen Unterricht.
> Ein Plato lebt' in seinem Lande —
> Und diesen kannt' er nicht. —[30])

Wo gab es damals eine zweite Hochschule, die eine solche
Zahl bedeutender, tiefblickender und den großen Ereignissen mit
Verständniß und innerem Anteil folgender Männer besessen
hätte? Diese Göttinger Professoren waren die Vorgänger jener
Arndt, Fichte, Schleiermacher, die die Jugend zu den Freiheits=
kriegen begeisterten, jener Dahlmann, Gervinus, Häußer die in
schwerer Zeit die Fahne des einigen Deutschlands hochhielten,
und jener Gelehrten der Gegenwart, die uns ebenso sehr auf
wissenschaftlichem Gebiete wie in dem aufopferungsvollen Wirken
für das Wohl des nun geeinten Vaterlandes unvergeßliche
Vorbilder sind.

An dieser Universität, deren kulturhistorische Mission sich
vielleicht dahin zusammenfassen läßt, daß sie die deutsche Wissen=

---

[30]) A. G. Kästners Sinngedichte und Einfälle. Frankfurt u. Leipzig
1800. I. 574.

schaft durch Zuführung englischer Art zu denken und zu forschen
auffrischte, lebte seit 1761 und lehrte seit 1769 der eifrigste
Apostel dieses englischen Geistes Georg Christoph Lichtenberg.
In seinem Leben wie in seinem Denken und Wirken erinnert
er oft merkwürdig an seinen großen Zeitgenossen Lessing, so
verschieden beider Charaktere waren. Lichtenberg wurde am
1. Juli 1742 zu Oberramstadt bei Darmstadt geboren, wie
Lessing der Sproß einer kinderreichen Pfarrersfamilie. Doch
kam ihm die Gunst seines Landesherrn zu Statten, mit dessen
Unterstützung er ohne Weiteres das Studium ergreifen konnte,
zu dem ihn seine Neigung zog: Mathematik und Physik. Er
ging sofort, 19 Jahre alt, nach Göttingen und ward Kästners
Schüler, bald sein Freund und, erst 27 Jahre alt, sein Spezial=
kollege. Er entfaltete nun eine erfolgreiche Lehrthätigkeit; in
seinem ungewöhnlich stark besuchten Auditorium zählte er mit
Stolz neben Prinzen und Grafen auch Professoren auf. Zahl=
reiche berühmte Gelehrte seiner Zeit, wie der Anatom Söm=
mering, der Ethnograph Forster, der Naturforscher de Luc
standen mit ihm in vertrautem Briefwechsel. War er auch für
äußere Anerkennung durchaus nicht unempfänglich, so scheint
doch in noch höherem Grade der Lehrberuf selbst ihn befriedigt
zu haben; in den niedergeschlagensten Stimmungen berichtet er
mit sichtlicher Freude von den Vorbereitungen für sein Haupt=
kolleg, die Experimentalphysik, und von diesem Kolleg selbst.
Ohne höheren Ehrgeiz lebte er in Göttingen sehr zurückgezogen,
zuletzt grade zu menschenscheu, weshalb auch er dem Spott seines
alten Lehrers Kästner verfiel.[40]) Er verließ Göttingen nur
dreimal: 1770 machte er eine kurze Reise nach England,
1772—73 hielt er sich zu wissenschaftlichen Zwecken in Han=
nover, Osnabrück und Stade auf, August 1774 bis Dezember

---

[40]) A. G. Kästners Sinngedichte und Einfälle. Frankfurt u. Leipzig 1800. II. 239.

1775 unternahm er eine längere Reise nach England, die in seinem Leben Epoche machte. Eine langgeplante Reise nach Italien kam nicht zu Stande, 1783 gab er diesen Lieblings= wunsch, durch Kränklichkeit gehindert, für immer auf. Um diese Zeit lernte er ein einfaches Mädchen kennen, Margarethe Kellner: „Erdbeeren verkaufend", sagt Grisebach, „wanderte sie als hübsches junges Ding in die Stadt, und sie gewann sich das Herz des geistreichsten Mannes von Göttingen."[41]) Doch ließ er sich, ähnlich wie Goethe und Hamann, erst 1789 mit ihr trauen, als ein schwerer Krankheitsanfall ihn dem Tode nahe gebracht hatte. Sein Eheleben war höchst glücklich und bot ihm die reinste Befriedigung; seine Söhne brachten es zum Teil zu hohen Würden, während die Töchter unverheirathet starben. Außerdem gehörte zu seinem vertrauten Verkehr noch der Buch= händler Dieterich, in dessen Hause er wohnte, und der in un= unterbrochener Herzensfreundschaft mit ihm lebte. In den letzten Jahren unaufhörlich kränkelnd starb er am 24. Februar 1799 an Brustbeschwerden. —

Was Lichtenberg veranlaßte, sich grade nach Göttingen zu wenden und nicht etwa nach seiner Landesuniversität Gießen — wohin ihn auch später sein Landesfürst vergeblich berief — das wissen wir nicht, sicher ist aber, daß Göttingen der günstigste Boden für seine ganzen Anlagen und Talente war. Kein Wunder, daß dieser Boden den größten Einfluß auf Lichtenbergs sensitive Natur gewann. Er studirte, wie schon erwähnt, Mathematik und Physik, sowie Astronomie, beschäftigte sich aber gleichzeitig lebhaft mit philosophischen Studien und mit den Dichtwerken alter und neuer Zeit. Er klagte später, daß er den Plan seiner Studien zu groß angelegt habe. Und welches war dieser Plan? Lichtenbergs Interessen waren kaum minder

---

[41]) G. Ch. Lichtenbergs Gedanken und Maximen. Mit einer biograph. Einleitung von E. Grisebach. Leipzig 71. S. 13.

mannichfaltig, vielleicht selbst noch verschiedenartiger als die Lessings. Denn dieses Mannes erstaunliche Thätigkeit beschränkte sich auf den Kreis der sogenannten Geisteswissenschaften, den er freilich nahezu ganz ausfüllte, Philolog, Archäolog, Literaturhistoriker, Aesthetiker zu gleicher Zeit. Lichtenberg dagegen war Naturforscher, Physiker, Astronom, doch voll lebhaften Interesses für die Philosophie und Psychologie, die Aesthetik und Literaturgeschichte, sowie besonders auch für Geographie und Ethnographie. Man denke aber nur ja nicht, daß hier dilettantische Liebhabereien zusammengekommen waren; alles wissenschaftliche Interesse Lichtenbergs hatte einen sehr bestimmten Mittelpunkt und eben schon darin verrät sich der Gegensatz zu dem alten Professorentum. Lessings Grundrichtung blieb die philologische: das überlieferte Kunstwerk blieb ihm letztes Ziel und die reine Ausarbeitung und Deutung des Vorliegenden durch die philologischen Kunstmittel der Kritik und Interpretation erschien seinem reichen und großen Geiste als lockende Aufgabe, mochte er seine glänzenden Mittel nun auf Gegenstände der Theologie oder der Geschichte, der antiken oder der modernen Literatur wenden. Dagegen unserm Naturforscher ist die Feststellung und Deutung des Materials selbst erst Mittel zur Feststellung und Deutung der Entwickelungsgeschichte des fertig Vorliegenden. Dies eben war es, was in Lichtenbergs Geist die Einheit schuf für Bemühungen auf historisch-philologischem und mathematisch-physikalischem Boden: daß er in tiefgehender und geistreicher Weise Geistesprodukte dem naturwissenschaftlichen Prüfungsverfahren unterwarf. Das ist nun eben der Mittelpunkt seiner Gedankenarbeit: indem er sie auf fast alle Gebiete wandte, die Lessing philologisch durchleuchtete, strebte er überall nach Erkenntniß der Ursachen dieser Werke. So war sein Streben zu bezeichnen im weitesten Sinne als Anthropologie, im engeren Sinne aber nimmt er meist den Charakter der empirischen speziellen Psychologie an. Aber es ging sogar hinaus über den Menschen und seine Werke.

In der Art, wie Lichtenberg dies Studium des Menschen auffaßt, verrät sich nun allerdings unverkennbar der Physiker. Der Physiker hat es nur mit den Bewegungen der Körper zu tun; ihre innere Beschaffenheit zu prüfen überläßt er dem Chemiker. Die herkömmliche Psychologie verfuhr nun in einer Art, die der chemischen Analyse durchaus analog war. Sie konstruirte sich einen Normalzustand der Seele und ging daran, die einzelnen Eigenschaften desselben festzustellen und aus allerlei Quellen — wie Klima, Erziehung, Gewohnheit — herzuleiten. Lichtenberg aber mit seiner scharfen Richtung auf das Thatsächliche sieht von solchen Hilfskonstruktionen ab. Wir lernen die menschliche Seele — wie immer man dies Wort fassen möge — nur in ihrer Thätigkeit kennen; ein Wille, der grade eben nichts will, Neigungen ohne bestimmtes Objekt gibt es nur in der Abstraktion. Hieran hält sich unser psychologischer Physiker. Jener Hauptbegriff der herkömmlichen Psychologie, der der Eigenschaften, kommt bei ihm kaum vor. Er löst denselben vielmehr in seine einzelnen Momente auf, er machte den latenten Verbalbegriff des Adjektivs lebendig. Die Aussage: „Jener Mann ist mutig" heißt so viel wie: „Jener Mann hat wiederholt mutige Handlungen ausgeführt." Wenn nun also sonst gefragt wurde: wie erklärt sich die Eigenschaft? so fragt Lichtenberg: wie erklären sich die einzelnen Handlungen? Mit einem Wort: er geht auf eine Mechanik des Seelenlebens aus.

Man sieht, daß Psychologie nicht strenger empirisch und realistisch gedacht werden kann. Man sieht ferner, daß dieser Standpunkt von beiden Extremen psychologischer Auffassung gleich fern bleibt, von dem materialistischen und dem spiritualistischen. Es findet sich hierfür bei Lichtenberg eine sehr bezeichnende Stelle. Er sagt: „Der Dachdecker stärkt sich

vielleicht durch ein Morgengebet zu den größten Gefahren . . .
Vielleicht aber auch durch eine Dosis von gebranntem Katzen=
hirn. O, wenn man doch manchmal wüßte, was den Leuten
Mut gibt!"⁴²) Mit andern Worten: der Thatsache gegenüber
genügt ihm weder die eine Hypothese noch die andere; er
möchte die wirkliche Vorgeschichte des Factums haben statt aller
Deduction über Herrschaft der Seele oder des Körpers. Was
er sucht, ist also das Glied, welches zwischen dem gegenwärtigen
bekannten Menschen und seiner sichtbaren concreten Handlung
vermittelt. Da haben wir die Anwendung der Induction auf
das unbekannte Mittelglied: Lichtenberg strebt nach einer Ent=
wicklungsgeschichte der menschlichen Lebensäußerungen.

Ich meine, das sei ein Plan von überraschender Kühnheit
und Bedeutung, zumal Lichtenberg ihn im weitesten und freiesten
Sinn zu erfüllen versucht hat. Nur freilich ging er nicht
systematisch vor, sondern begnügte sich mit aphoristischen Samm=
lungen von Beobachtungen, die sich Niemand die Mühe gab
zu verknüpfen. Grisebach, der eine Auslese aus Lichtenbergs
Aphorismen mit einer nicht eben vielsagenden Vorrede begleitet
und außerdem noch einen besonderen Aufsatz über diesen Lieb=
ling von Grisebachs verehrtem Meister Schopenhauer veröffent=
licht hat,⁴³) spricht zwar viel von einem „Lichtenbergischen Ge=
dankensystem", das sich Kants Arbeiten zur Seite stelle, aber
dies System auseinanderzusetzen hat ihm nicht beliebt. In
der Tat aber ist die Beziehung zwischen Kants Kritiken und
Lichtenbergs psychologischen Studien eine sehr enge. Kant führte
die Philosophie auf die empirische Basis der Erkenntnislehre
zurück, d. h. er gab eine Vorgeschichte des allgemein menschlichen
Denkens. Teilweise schon vor dem Erscheinen des größten
Geisteswerkes des achtzehnten Jahrhunderts, dann aber durch

---

⁴²) Schriften I. 193.
⁴³) Gesammelte Studien von E. Grisebach. Leipzig 384, S. 11 f.

Kants Kritik der reinen Vernunft mächtig angeregt prüft Lichtenberg die allgemeinen Voraussetzungen aller menschlichen Willensäußerungen am Individuum. Sein Gebiet ist also weiter als Kants, weil er nicht nur die Vorgeschichte des Gedankens, sondern auch die jeder Handlung, selbst instinctiver Bewegungen prüft, und zugleich geht er mehr ins Detail, weil er mit dem gesammten Menschengeschlecht nur ausnahmsweise zu thun hat, meist mit Individuen oder Gruppen.

Für solche Untersuchungen bietet dem Forscher als erstes und nächstes Prüfungsobjekt das eigene Ich sich dar. Deshalb hat Lichtenberg auch mehrmals den Wunsch ausgesprochen, ein bedeutender Mann möchte in einer durchaus aufrichtigen Selbstbiographie eine genaue Geschichte seines Lebens geben, ohne alle Bemäntelung, die z. B. Rousseaus Bekenntnisse verderbe. Er selbst aber ist wieder über zahlreiche Einzelbeobachtungen nicht herausgekommen; diese jedoch sind höchst wertvoll, ja eine unerschöpfliche Fundgrube feinster Seelenkenntnis. Gervinus, der sich mit unserm Denker viel und liebevoll beschäftigt hat — ihn zog wohl vor allem Lichtenbergs Begeisterung für die großen Zustände in England gegenüber der kleinstaatlichen Misere Deutschlands an — hat in einer geistreich durchgeführten Parallele mit Lavater den tiefsten Unterschied Beider in Lichtenbergs voller Selbsterkenntnis gefunden. Ja man kann nicht leugnen, daß die Feinheit und Schärfe, mit der er sich selbst beobachtet, sich gradezu belauert und mit sich experimentirt, oft etwas Beängstigendes hat. Er selbst entschuldigt diese Art mit seinem hypochondrischen Temperament. Eine Vorschule dürfen wir auch nicht vergessen, die uns Gellert gut vergegenwärtigt: die pietistische Selbstbeobachtung, die Aufspürung eigener Sünden; damals weit verbreitet mag sie dem Pfarrersohn wohl früh gelehrt worden sein. Aber gerade diese theologische Psychologie operirt unaufhörlich mit dem Begriff der Eigenschaften, der Tugenden und Laster. Lichtenberg nimmt dagegen als Zwischenglied zwischen seiner Person und seinen Lebensäußerungen nur den wissenschaftlichen Begriff der Dispositionen. Eigenschaften sagt er von sich kaum aus, aber er spricht von seiner Anlage zur Hypochondrie (wie eben erwähnt), zum Aberglauben, zur Trägheit. Er verfolgt diese Tendenzen in alle Richtungen, in die Gewohnheiten des täglichen Lebens wie in seine transcendentalen Vorstellungen. Er notirt seine Träume und beobachtet sogar die Art, wie er sich beobachtet, wie der Astronom es ja zu tun gewohnt ist! Doch es würde zu weit führen, hier den Reichtum an Selbstbeobachtungen zu analysiren, der in seinen Briefen und Notizen niedergelegt ist und eine genauere Aufnahme des inneren Lebens, als irgendwo sonst zu finden, darstellt. —

In Selbstbeobachtung geschult und durch genaue Selbstkenntnis für alle menschlichen Erscheinungen mit einem zuverlässigen Vergleichsobjekt ausgerüstet tritt Lichtenberg nun an die Prüfung anderer Individualitäten. Tatsachen des Seelenlebens zu sammeln ist auch hier nicht schwer; aber es fragt sich, wie zu den Neigungen zu gelangen ist, die ihnen zu Grunde liegen. Die Seele ist ja nur ein Komplex von derartigen Dispositionen; aber wie erkennt man diese? Hier tritt nun scharf die Eigenart von Lichtenbergs Methode hervor. Bisher — und ebenso wieder nach ihm — schloß man eben direkt aus den Handlungen auf den Charakter. Kannte man von Jemandem etwa ein paar gute Handlungen, so nannte man ihn gut. Aber Lichtenberg lehnt es ab, hieraus allein auch nur eine Tendenz zum Guten zu schließen, denn er weiß, wie vieles zwischen Neigung und Tat steht. Von größter Bedeutung sind ihm daher alle instinktiven Bewegungen: da hier keine unbekannte, geheime Absicht mitwirkt, läßt sich so ziemlich abgrenzen, wie viel davon auf rein körperlichen Ursachen beruht, wie viel auf vorherrschenden geistigen Tendenzen. Hierher gehören also Lichtenbergs physiognomische Beobachtungen. Grade seine Händel mit Lavater haben ihn bekannt gemacht und doch wird sein Standpunkt dabei in der Regel falsch beurteilt. Man hat oft betont, den kleinen und verwachsenen Lichtenberg habe die Lehre, daß die Seele des Menschen sich in seinem Aeußeren verrate, so sehr abstoßen müssen, wie sie den schlanken und schönen Lavater locken konnte. Richtig ist, daß Lichtenberg seine Mißgestalt schmerzlich empfand; denn kein gesunder Geist verzichtet willig auf die Gunst der Frauen, und am wenigsten, wo er sich bei inneren Vorzügen aus äußern Gründen zurückgesetzt weiß. Lichtenberg hatte für Schönheit und Anmut einen sehr empfänglichen Sinn und seine scharfe Selbstkenntnis verschloß sich auch der direkten Kränkung nicht, die eben diesem Sinn sein unschöner Anblick bereitete. Aber von diesem berechtigten Bedauern, welches das Fehlen von Vorzügen, die Niemand gern entbehrt, ihm abzwang, ist es noch weit zu der Wahl eines psychologischen Standpunkts lediglich unter dem Eindruck der Eitelkeit. Lichtenbergs Ansichten über Physiognomik konnten von der Rücksicht auf seine eigene körperliche Erscheinung eben deshalb frei sein, weil sie von Lavaters Auffassung grundverschieden waren. Lavater wollte in den Typen der menschlichen Gestalt Typen des Charakters vorgebildet sehn. Dagegen protestirte Lichtenberg; aus dem Gesicht den Charakter zu erkennen, meinte er, sei nicht gescheuter, als wenn einer aus der Form der physischen Hand die Handschrift ableiten wollte.[44]) Man sieht, es ist wieder die voreilige direkte Schlußfolgerung, die er durch induktive Prüfung der Zwischenglieder ersetzen will. Lichtenbergs Vergleich ist schlagend. Denn einerseits kann man einer groben oder feinen Hand wohl eine derbe oder zarte Schrift

---

44) Schriften I. 205.

mit einiger Wahrscheinlichkeit zutrauen, andererseits gibt vieles
Schreiben einer Hand wohl ein Gepräge, das den Eigentümer
einer ausgeschriebenen Handschrift von dem selten Schreibenden
unterscheidet. Aber das ist auch Alles. Den Schreiblehrer
und die Schreibmuster, Ruhe oder Eile beim Schreiben, Lust
oder Unlust und tausend Dinge, die die Schrift bestimmen —
wer will die der Hand ansehn! Grade so gibt Lichtenberg
wohl zu, daß eine gewisse Grundrichtung des Charakters dem
Gesicht abzulesen sei. Und er gesteht gleichfalls zu, daß stark
ausgeprägte Charakterzüge ins Gesicht treten. Aber Erziehung,
Schule, Leben und die tausend Dinge, die den Charakter bilden,
glaubt er im Gesicht nicht kenntlich und beruft sich dabei z. B.
auf das bekannte Beispiel des Sokrates. Und wieder meint er,
die Seele verrate sich nur in der Bewegung. Deshalb wendet
er seine Physiognomik auf Aeußerlichkeiten wie Stimme, Art
des Ausdrucks, Bewegung u. dgl., kurz auf den gesammten
Habitus des Menschen. Während er also hinsichtlich des Zwecks
die Physiognomik einschränkt, der er direkten Aufschluß über
den Charakter abspricht, dehnt er sie hinsichtlich der Mittel aus.
Ja er sieht zuweilen von dem Gesichtsausdruck ganz ab und
sucht z. B. aus der Stimme eines vor seinem Fenster singenden
Nachtwächters dessen Gestalt zu erraten, was denn eine Art
umgekehrter Physiognomik ergibt. Dementsprechend hat er die
treffliche Gewohnheit, wo er redende Personen einführt, ihr
Aeußeres zu beschreiben und sucht Beides sorglich in Einklang
zu halten. Diese stete Beobachtung der ganzen Erscheinung
hatte denn sein Auge so geübt, daß er vorübergehende Momente
z. B. auf der Bühne mit einer nie wieder erreichten Sicherheit
wiederzugeben vermochte. Berühmt sind seine Schilderungen
des großen Shakespearedarstellers Garrick, wahre Moment=
photographien von größter Klarheit. — Eben diese Fähigkeit
aus dem kaum fixirten Bilde des Menschen alle Bewegungen

abzulesen, machte ihn denn auch zum glänzendsten Interpreten der geistreichen Zeichnungen eines Chodowiecky oder Hogarth, die beide ihm verwandte Geister waren.

Doch aus den unbedeutenden und uninteressanten Menschen, an denen Lichtenberg solche allgemeinen Beobachtungen anstellte, und aus ihren alltäglichen Handlungen und Bewegungen war schließlich nicht viel Bedeutendes und Interessantes zu entnehmen. Es war sein wissenschaftliches Interesse, überall nach Originalen zu suchen. Seinen Forschungen mußte der originellere Charakter so viel willkommener sein als der durch Gewohnheit und Umgebung gemeine, wie dem Astronomen der Anblick des reinen und klaren Gestirns wertvoller ist als der des von Nebeln verhüllten. Gewohnheit liegt wie Staub auf der Eigenheit des Charakters und Gewöhnlichkeit wie Schmutz. Kaum ein Charakter war ihm daher so willkommen wie des jüngeren Forster spiegelglatte Seele, originell durch und durch, rein und hell, dessen Art er in rührenden Worten der eigenen entgegensetzte.[45] Hierher gehören seine biographischen Bemühungen, die bedeutenden Persönlichkeiten wie Kopernikus, Cook, Sterne gelten. Von Boswells durch seine Ausführlichkeit berühmtem Leben Johnsons heißt es bei Lichtenberg: „Johnson ist mir ein höchst unangenehmer, ungeschliffener Patron. Aber das sind gerade die Menschen, aus denen man die Menschen kennen lernen muß — Kryftallisation, die sich durch kein Abschleifen verkennen läßt. Was helfen mir die geschliffenen Steine?"[46] Auch Originale niederer Art, wie den Göttinger Antiquar Kunkel, studirte er eifrig. Ja so weit geht bei Lichtenberg die Vorherrschaft dieses wissenschaftlichen Interesses, daß ihm der Begriff der Originalität über den der Formvollendung, der Gefühlstiefe, kurz über jeden andern äfthetischen Titel ging,

---

[45] Schriften VII. 209.
[46] Schriften I. 283.

wie auch die Auswahl seiner Lieblingsschriftsteller zeigt. Die Geistestätigkeit großer Männer studirt er nun unabläſſig. Eifrig gibt er sich der Korrespondenz und, wo es angeht, dem Gespräch mit ihnen hin. Diejenige Form geistiger Tätigkeit, die seiner Prüfung am bequemsten und ausgiebigsten bereit liegt, ist natürlich die literarische. Und die originellen Schriftsteller besonders Englands — das hierin am meisten bot — aber auch Tacitus, Kant, Rousseau studirt er unaufhörlich. Für wahre Größe verriet er dabei den feinsten Sinn. Er war der erste verständnißvolle Kommentator Shakespeares in Deutschland, wie Leſſing deſſen frühester Apostel. Er war begeisterter Verehrer Spinozas, deſſen Grundgedanken von der Einheit von Materie und Geist er den größten je gedachten Gedanken nannte, zu einer Zeit, in der der große Philosoph fast vergeſſen war. Indeß den Namen Friedrichs des Großen trifft man doch nur selten bei dem Freunde Kästners, und Goethes Werther hat er mit den schwächsten Produkten der Kraftgenies, die er als nachgemachte Originale unaufhörlich verspottete, grade so unterschiedslos zusammen geworfen wie Leſſing. Sein mathematisch geschulter Sinn verwarf die Weichheit dieser Zeichnung; er wollte bestimmte Umriſſe und stand deshalb auch Klopstock und den Klopstockianern gegenüber entschieden auf Seite Wielands. Und nicht minder ließ seine Vorliebe für klare und bestimmte Sprache ihn den geringeren Gedankengehalt dem größeren vorziehen, wenn die Populärphilosophen, besonders Abbt, Garve und Mendelssohn, ihm lieber waren als Hamann und Herder. Vor allem aber brachte er Liebe und Verständniß dem Genius entgegen, dem er am meisten kongenial war: Leſſing. — Intereſſant ist es, hier überall zu beobachten, wie sorgsam er den üblichen Fehler vermeidet, ohne Weiteres aus dem Geschriebenen die Seele des Schreibenden ablesen zu wollen. Ein so reiner Niederschlag ist ein Buch nicht: Schule, Tradition, mancherlei

Einfluß der Zeit und des Orts, die Technik des Schreibens sogar treten zwischen den Gedanken des Autors und sein Werk. Vor allem über das Wesen Sternes, des Verfassers der Empfindsamen Reise, hat diese Kontrole der Zwischenstadien ihn zu einem Urteil geführt, das weitaus richtiger war als das der Zeitgenossen.

Ueber das Studium der Einzelnen hinaus erhebt sich nun aber Lichtenberg zu dem ganzer Klassen und Gruppen. Seine Richtung auf das Concrete wandte dabei seine Aufmerksamkeit zuerst auf die beiden Stände mit denen er ausschließlich zu tun hatte: seine Collegen und seine Untergebenen. Die Dienstboten hat er in sehr amüsanten Abhandlungen zu Bildern von Chodowiecky, die Professoren und Schriftsteller in zahllosen einzelnen meist sehr witzigen Bemerkungen geschildert. Beidemal handelte es sich um die Frage, zu welchen Fehlern und Vorzügen die Berufstätigkeit disponirt, so daß hier gewissermaßen die Gewohnheit an die Stelle des Temperaments als zwischen den Einzelnen und ihren Handlungen vermittelndes Element tritt.

Für eine noch höhere Anwendung seiner Forschungsart machte Lichtenberg erst seine zweite englische Reise reif. Ich machte schon darauf aufmerksam, wie auf Lichtenbergs Universität ein lebhaftes politisches Interesse besonders durch Schlözer und Kästner bezeugt wird, wie Lichtenbergs Zeitschrift der Schauplatz politischer Meinungskämpfe ward; auch war Lichtenbergs Freund Forster ein eifriger Politiker, dem seine Teilnahme an der französischen Revolution zum Verderben ward. Aber das so vorbereitete politische Interesse ward doch erst in England in Lichtenberg zu voller Stärke erweckt. Erst in dem großen Leben Englands ging dem feinen Menschenkenner der Begriff der Volksindividualität, der Nationalität auf und er studirte den originellsten Volkstypus seiner Zeit und vielleicht aller

Zeiten mit nicht geringerem Interesse wie die Originale.⁴⁷) Alle Lebensäußerungen dieses imposanten Organismus sucht er kennen zu lernen: das öffentliche Leben wie das private durch alle Stände, das wissenschaftliche, das politische, vor allem auch wieder das literarische Leben Englands. Und hier ist es nun, wo der arme kleine Göttinger Hofrat sich zu imponirender Höhe erhebt. Keiner seiner Zeitgenossen, aber auch kein einziger, hat wie er das Krankhafte und Elende der kleinstaatlichen Atmosphäre erkannt, in der er nach Gervinus Worten verkümmern mußte wie Forster und wie tausend andere. Er erkennt vor allem, schärfer als es noch jetzt gemeiniglich der Fall ist, wie das Gedrückte und Aermliche der allgemeinen Lebensbedingungen sich abspiegelt in der Geringfügigkeit und Inhaltslosigkeit der damaligen schönwissenschaftlichen und gelehrten Literatur Deutschlands, wobei er wohl sogar zu wenig Ausnahmen zuläßt. Hier ist also gleichsam die öffentliche Lebensluft, das Nationalgefühl und das Bewußtsein der persönlichen Freiheit, das Medium, das zwischen dem Volk und seinen Werken vermittelt. — Es war ihm nicht gegeben, zu erkennen, wie völlig die Wirkungen des siebenjährigen Krieges sein Urteil bestätigten.

Sein politisches Interesse beschränkte sich aber nicht auf die beiden Länder, denen er angehörte; denn wirklich stand in seiner Persönlichkeit das deutsche Wesen zu dem englischen Geist in einem ähnlichen Verhältniß wie sein Adoptivvaterland Hannover zu England. Ich möchte sagen, er habe deutsch gefühlt, aber englisch gedacht; und mehr und mehr gewann sein Kopf die Oberherrschaft über sein Herz.⁴⁸) Befangenheit in englischen Anschauungen hinderte ihn wohl auch, im Urteil über den großen Freiheitskrieg der Amerikaner sich mit Kant

---

⁴⁷) Vgl. Schriften II. 119, auch I. 265.
⁴⁸) Vgl. Gervinus Gesch. d. deutschen Dichtung. V. 199.

zusammenzufinden; denn während er diesen Kampf ausschließlich mit den Augen des loyalen britischen Untertanen ansah, folgte er der französischen Revolution mit lebhafter Teilnahme und nicht ohne Sympathie. Er sah es richtig voraus, wie die Untaten der Terroristen auf lange heraus auch gesunde Freiheitsbestrebungen verdächtig machen würden.⁴⁹) Auch über theoretische Probleme der Staatswissenschaft, wie z. B. die Frage der Monarchie, hat er viel nachgedacht, doch meist wieder in der bezeichnenden Form, daß er prüft, welche Neigungen Verteidiger und Angreifer der verschiedenen Staatsformen zu ihrer Stellungnahme eigentlich bestimmen.⁵⁰)

Schon damit erhebt sich Lichtenberg auch über die Schranken nationaler Begrenzung im Versuche empirischer Psychologie. Zwar den Begriff der Menschheit gebraucht er selten. Fast die einzige Aussage, die man bei ihm mit diesem Begriff verbunden findet, ist die von der „Perfectibilität" des Menschen, von seinem Vermögen, sich den Umständen anzupassen — wieder, wie man sieht, keine Eigenschaft, sondern eine Tendenz wird ausgesagt, und zwar eine Tendenz, die grade jetzt seit Darwin bis zur Uebertreibung betont wird. Aber grade dies Anpassungstalent des Menschen läßt ihn nach verschiedenen Umständen so sehr verschieden erscheinen, daß der Begriff der Menschheit Lichtenberg zum Operiren vielleicht zu vag, zu vielerlei enthaltend schien, obwohl er gelegentlich die bleibende menschliche Natur den Resultaten wechselnder Lebensbedingungen gegenüberstellt. Viel bestimmter aber erschien ihm, der trotz seines Spinozismus stets ein frommer Gottesverehrer und eifriger Beter blieb, der Begriff

---

⁴⁹) „Das Traurigste, was die französische Revolution für uns bewirkt hat, ist unstreitig das, daß man jede vernünftige und von Gott und Rechts wegen zu verlangende Forderung als einen Keim von Empörung ansehen wird." Schriften II. 240.

⁵⁰) Vgl. besonders Schriften I. 243 f.

Gottes. Es ist höchst anziehend, wie er seine Methode der Forschung unerschrocken auch an diesem höchsten Begriff versucht, was ihm freilich Vilmar sehr verdacht hat. Gott erscheint ihm fast ausschließlich in der Gestalt des Schöpfers, des großen Werkmeisters. Und auch hier lehnte er es ab, direkt von dem Werk auf den Autor zu schließen, weil zu viel dazwischen liegt, was die Folgerung trübt. Deshalb konnte der sorglich auf reine Beobachtung haltende Naturforscher den so allgemein beliebten aber dennoch willkürlichen Versuch, das Wesen Gottes aus dem was wir sehen abzulesen, nicht mitmachen. Aber sehnsüchtig nach dem Anblick des Höchsten sucht sein frommes Gemüt auch Gott tätig und bewegt, auch ihn an der Arbeit zu sehn. Phantastisch dachte er sich den Planeten Saturn mit seinen Trabanten als Versuchsmodell Gottes zu unserem vollkommeneren Sonnensystem und übertrug so seine Lieblingsidee von der Perfectibilität des Menschen auf die Welten.[51] Er hat diesen überkühnen Gedanken als echter Humorist selbst persifflirt; aber derselbe ist bezeichnend für Lichtenbergs Denkart. Ja hätten wir so in einer erkennbaren Tätigkeit Gottes zwischen seinem Wesen und seinem Werk ein aposteriorisch festzustellendes Mittelglied, so — doch nein, so hülfe uns das doch nichts zur Erkenntniß Gottes, auf den irgend welches Schlußverfahren zu übertragen anthropomorphisirende Voreiligkeit ist! Wie charakteristisch aber, daß unserm Forscher Gott unter dem Bild eines Meisters erschien, der nach dem Höchsten strebend es experimentell zu erreichen sucht! Und daß er in einem Planeten, einer Welt einen unvollendeten Gedanken des Schöpfers, ich möchte sagen einen Aphorismus Gottes sehen wollte!

Charakteristisch ist das für Lichtenberg nicht bloß, weil er seine eigne Methode auf Gott überträgt, sondern weil er auch

---

[51] Schriften II. 229.

dem Resultat die Form gibt, die seine eigenen Ergebnisse haben. Man hat es ihm oft zum Vorwurf gemacht, daß er kein größeres Werk geschaffen; aber das lag in seiner Natur begründet. Grade bei vorzugsweise scharfsinnigen Geistern findet man oft eine Scheu vor größeren zusammenfassenden Arbeiten mit unermüdlicher Lust am Sammeln vereinigt. Dies gilt auch für Lichtenberg, so daß er mit dem oft gegen sich erhobenen Vorwurf der Trägheit sich doch zum Teil Unrecht tut; doch liegt allerdings eine gewisse Trägheit in der Abneigung, das minder Interessante zu behandeln, was bei größeren Arbeiten eben nicht umgangen werden kann. Dazu kommt bei Männern von hervorragender Selbstkenntnis die Furcht, gewisse Fehler, zu denen sie sich geneigt wissen, nicht vermeiden zu können, und die genaue Kenntnis aller Lücken; wir haben in der Geschichte der deutschen Philologie einen klassischen Vertreter dieses Typus des scharfsinnigen schreibescheuen Sammlers an dem wunderlichen Herrn von Meusebach. Es kommt weiter dazu, daß solche Männer zwar rascher das Richtige treffen, als wir gewöhnlichen Sterblichen, aber grade wegen dieser fast mühelosen blitzschnellen Erkenntniß geringere Freude an dem Gefundenen haben; dies ist ein Gedanke, der grade bei unserm großen Meister Carl Lachmann sich immerfort zum Ausdruck drängt: es ist jener „Ueberdruß, das Bekannte noch zu sagen," der ihn oft bis zur Schwerverständlichkeit knapp werden läßt. Und zu diesen allgemeinen Gründen kamen bei Lichtenberg noch persönliche hinzu. Er hat selbst seine Aphorismen nur als Vorarbeiten angesehn und schlug als Ueberschrift für die zahllosen einzelnen Notizen vor „Hier werden Farben gerieben." Aber er kam eben nicht zum Malen. An größere wissenschaftliche Arbeiten scheint er kaum gedacht zu haben; er war ganz auf Einzelbeobachtung gerichtet und schon das Maß von Subjectivität und Willkür, das im Gruppiren und Verbinden der Dinge notwendiger Weise liegt, mochte seine übertriebene Gewissenhaftigkeit einschüchtern. Dagegen hat er sich allerdings lange mit dem Plan zweier satirischer Werke getragen: ein Leben jenes Göttinger Antiquars Runkel hätte wohl den Charakter der von ihm vielbewunderten humoristischen Romane Fieldings getragen, wozu die Persönlichkeit wohl geeignet war, und ein satirischer Roman sollte die Stürmer und Dränger geißeln. Aber es blieb bei den Ansätzen. Beidemal schreckte ihn wohl die so klar durchschaute Geringfügigkeit der deutschen Verhältnisse ab, die ihm besonderer Schilderung in humoristischem oder satirischem Sinn kaum wert schien. Er hat mehrmals von sich den Ausdruck gebraucht, sein Licht müsse öfters geputzt werden, wenn es nicht dunkel brennen solle. Im deutschen Leben regte ihn eben zu wenig an und seine einzige größere Schrift ward daher der berühmte Kommentar zu Hogarths Kupferstichen, wo sowohl der Witz des Zeichners wie die geschilderten Verhältnisse mit ihrer Fülle origineller und bedeutender Züge seinen Geist unaufhörlich anreizten. — Zwischen gelehrten und schönwissenschaftlichen Arbeiten würde jenes Werk die Mitte gehalten haben, das ihn zu den wichtigsten Schriftstellern unserer Nation hätte gesellen müssen: eine ganz aufrichtige, ganz exakte, ganz ausführlich schildernde Geschichte seines Lebens. Gervinus hat höchst geistreich bemerkt, wie viel Gegensätze Lichtenberg unvermittelt in seiner Brust trug, die ihn zu einer humoristischen Natur im höchsten Sinne machten; dieser Inhalt, geschildert mit so viel Selbsterkenntnis, mit solcher Wahrheitsliebe, mit einem seltenen Talent der Darstellung — es hätte ein Buch werden müssen, das an Gehalt und Form neben Goethes Dichtung und Wahrheit eine ebenso originelle als bedeutende Stellung hätte einnehmen müssen. Aber auch dies Werk blieb in dem Zwischenstadium stecken, das die Conception von der Ausführung trennt. Grade Lichtenberg hatte ja so deutlich erkannt, wie viel sich zwischen den Autor und sein

Werk drängt; er scheute es, im kleinsten die Wahrheit der Form zu opfern. Dazu empfand er so drückend die äußere Inhaltslosigkeit dieses Lebens; mehr und mehr trübte sich sein Blick und es ging ihm mit sich wie es den meisten Menschenkennern mit ihren Objekten geht: erst ward ihm das eigene Ich gleichgiltig, zuletzt fast verhaßt und er sah in seinem Leben so wenig ein würdiges Objekt wie in dem deutschen Leben überhaupt. — Und so verlief, abgestumpft im öden Alltagsleben, nahezu resultatlos die merkwürdige Thätigkeit eines Mannes, der wohl in ernsterem Kampfe einer Führerstelle im geistigen Leben hätte gerecht werden können. Aber hier eben zeigte sich seine Uebergangsstellung verhängnißvoll. Seine Conceptionen, seine ganze Denkart waren die des modernen Forschers, den ein specielles Interesse überall bewußt oder unbewußt leitet, der die gefundenen Dinge wissenschaftlich zu lebendiger Entwickelung zu verknüpfen sucht, der dem Leben des Tages eine rege und reife Teilnahme entgegenbringt. Aber in seiner Tätigkeit und seinem ganzen Lebenszuschnitt blieb er völlig der Professor alten Stils, abgetrennt von allen Ereignissen in seiner Studirstube hausend, sammelnd ohne großen Drang zur Verarbeitung und nur in der Herausgabe einer sehr verdienstlichen populär wissenschaftlich gehaltenen Zeitschrift ins öffentliche Leben heraustretend. Und so ist es mit der Erinnerung an ihn gegangen wie es ihm mit seinen Bemühungen ging: nichts blieb übrig als wenige Aphorismen und die Meisten kennen von den zahllosen schönen, tiefen und geistreichen Worten Lichtenbergs nichts als das „Messer ohne Klinge, dem der Stil fehlt."

Und andererseits war doch das, was ihn auf dem Wege zu großen Zielen scheitern ließ, was ihm die Möglichkeit abschnitt, mit einem unsterblichen Werk einen ewigen Namen zu hinterlassen, eben dasjenige, worauf seine eigenartige Bedeutung gegründet ist. Wenn es erlaubt ist, von einer so widerspruchsvollen Erscheinung in Paradoxen zu sprechen, so möchte ich sagen: was ihn zu einem bedeutenden Schriftsteller machte, das grade hinderte ihn, einer der allerbedeutendsten zu werden. Gervinus hat die Antwort auf die soeben auch von uns behandelte Frage, weshalb Lichtenberg kein großes Werk hinterließ, sehr geistreich mit einer allgemeinen Betrachtung verquickt: „Es ist bei der Höhe unserer Cultur, bei der Möglichkeit einer gesteigerten persönlichen Bildung die traurige Frucht dieser erfreulichen Erscheinung, daß wir, um es recht einfach zu sagen, zuweilen zu klug sind. Wir kennen alle Dinge von ihren zwei Seiten, wir fürchten uns vor jedem Entschluß, weil jeder seine Bedenklichkeiten hat⁵¹ᵃ) . . ." Wenn nun aber diese Ueberklugheit einerseits, wo es zu handeln gilt, in der bedauerlichen Form' der Scheu vor jeder „frischen mutigen Tat" in die Erscheinung tritt, so muß sie andererseits, wo sie sich rein im Gebiet des Gedankens hält, zu einer überraschend klaren und freien Erfassung der Dinge gelangen. Denn wo sonst ein einseitiger Standpunkt zur ausschließlichen Annahme oder Verwerfung führt, sieht sie beide Seiten der Dinge und hält in parteiloser Würdigung die Begriffe gleichsam greifbar in Händen. So tritt Lichtenberg fortwährend die Zwiespältigkeit der Dinge vor Augen und sie quält ihn; da sucht er ihrer Herr zu werden und aus diesem Streben, die Gegensätze zu versöhnen, entsteht sein Humor: „In allen Ansichten Lichtenbergs, über Hohes und Tiefes," sagt wieder Gervinus,⁵²) „liegt die Grille mit der Wahrheit, die Einbildung mit der Ueberzeugung, die Wärme der Phantasie und selbst des Herzens mit der Kälte des Verstandes im Kampfe: und dies, in einer ästhetischen Charakterform dargestellt, würde vielleicht eine der größten Aufgaben sein, die sich die humoristische Dichtung stellen könnte: die Un-

---

⁵¹ᵃ) Gervinus a. a. O. 203.
⁵²) Gervinus a. a. O. 195.

zulänglichkeit und Verlassenheit, die Rat- und Hilflosigkeit des menschlichen Geistes, der gern überall rechnen und beweisen möchte, und sich im höchsten Falle bei einer Wahrscheinlichkeitsrechnung beruhigt." Eben diese Wahrscheinlichkeitsrechnung charakterisirt Lichtenbergs Humor. Es ist nicht einfach eine Uebertragung seiner Berufsgewohnheiten auf ein anderes Feld, wenn er mit Vorliebe und in oft höchst geistreicher Weise (am witzigsten in der „Rede der Ziffer 8"[53]) Begriffe der Mathematik und Physik auf das menschliche Leben anwendet und andrerseits Zahlen und Weltkörper in anthropomorphisirender Art auffaßt. Wir wissen ja, daß seine ganze Geistesthätigkeit von dem Streben beherrscht wurde, für die Entwicklung der menschlichen Lebensäußerungen Gesetze zu finden, die an Verläßlichkeit und Sicherheit denen der Physik gleichen sollten. Nun führte ihm aber seine scharfe Beobachtung ein so reiches Material zu, daß es nicht so leicht unter ein paar Regeln zu verteilen war, wie die geringen Erfahrungen theoretisirender Stubengelehrter. Er war zu sehr mit der Bedeutung wahrer Naturgesetze vertraut, als daß er sich mit ein paar äußerlichen und fast nichtssagenden Festsetzungen hätte begnügen wollen, wie sie etwa Lavater aufzustellen versuchte, oder wie sie neuerdings mit so ungemeinem Beifall Buckle aufgestellt hat. Er war zu sehr von der Wichtigkeit gewissenhafter Einzelbeobachtung überzeugt, als daß er die vorgefundenen Tatsachen gewaltsam unter ungenügende Regeln hätte zwängen wollen. Diesem Schwanken nun entsprang in seinem Geist eine vermittelnde Welt, deren psychologische Ausdrucksformen wirklich durch mathematische Gesetze bestimmt wurden. Es sei gestattet, auf ein Beispiel zurückzukommen, das bereits im vorigen Aufsatz angeführt wurde. Lichtenberg erinnert sich der so verschiedenen

---

[53]) Schriften VI. 174.

Anwendung derselben Worte bei verschiedenen Personen — ein Gedanke, den seine Art der Controle aller Zwischenstufen ihm nahelegt: er schließt nicht gleich aus dem Wort auf die Meinung, weil dasselbe Wort bei verschiedener Meinung möglich ist, auch wo man die größte Aufrichtigkeit voraussetzt. Nun will er diese Bedeutungsnuancen durch einen algebraischen Exponenten bezeichnen: „molom ein Gelehrter, molom^2 ein Schwätzer."[54]) In Wahrheit aber sind eben dieser Schattirungen unzählige, und nur Kenntnis der einzelnen Individualität läßt uns errathen, welche jedesmal gemeint ist. Der Exponent, der ohne Weiteres das Wort aus der einen Tonlage in die andere transponirt, vertritt also eine mathematische Sicherheit der Bedeutungsbestimmung, die in Wirklichkeit nicht existirt; wir haben in Wahrheit etwa molom^x ein Gelehrter, der gern all seine Weisheit mitteilt, molom^y ein Halbgelehrter, der mehr erzählt als er weiß, molom^z ein Ignorant, der gelehrt schwatzt u. s. w. Aber um zu wissen, ob x, y, z zu setzen ist, müssen wir eben jedesmal den einzelnen Fall prüfen. — Ebenso in zahlreichen andern Beispielen. Denn eben weil jener Conflict der Meinungen, den wir im weitesten Sinn als den Streit um die Willensfreiheit bezeichnen können, das Schwanken zwischen der Annahme allgemein giltiger Gesetze und freier Individualitäten, uralt, ewig und allüberall zu treffen ist, findet Lichtenbergs Humor, im Ausgleich dieses Zweifels sich wiegend, überall Raum und Nahrung.

Und eben hieraus folgt denn auch, was der eigentliche Kernpunkt seiner Satire ist: eben jene „Unzulänglichkeit und

---

[54]) Schriften II. 202. Vgl. auch ebb. I 235: „Wenn am Ende das Glück des ganzen Geschlechts in einer ... kratie besteht, wovon wir das erste Wort der Zusammensetzung gar nicht kennen, und das man nach Gebrauch der Mathematiker etwa durch $\times^0$ kratie bezeichnen könnte, wer will dieses $\times$ bestimmen?"

Verlassenheit," eben jene „Rat- und Hilfslosigkeit des menschlichen Geistes, der gern überall rechnen und beweisen möchte und sich im höchsten Falle bei einer Wahrscheinlichkeitsrechnung beruhigt. In der Regel zwar sucht eben sein Humor zu trösten, indem er gleichsam eine geistige Brücke von der einen Seite zur andern schlägt, so daß man auf dieser stehend sich einreden mag, in beiden Lagern festen Fuß zu haben. Aber das geht doch nur, so lang die Ansprüche auf beiden Seiten etwa zu gleicher Höhe steigen; werden sie ungleich, so ist Lichtenberg schließlich genötigt, den einen Standpunkt zu wählen und den andern satirisch anzugreifen. Es kann nicht zweifelhaft sein, wohin er sich stellen wird: ins Lager des Naturforschers, in das der überwiegenden Induction. Die zahllosen Einzeltatsachen, die aller Regeln und Gesetze zu spotten scheinen, sind ihm so sicher, so zuverlässig verbürgt, daß die Forderung nach derartigen Regeln und Gesetzen ihm oft als unberechtigte Anmaßung erscheint. Indem er die Resultate seiner psychologischen Studien mit derartigen Erfahrungstatsachen völlig gleichstellt, kommt er so weit, wenn auch wieder nur in zweifelnder Form eine so tief einschneidende Vermutung aufzustellen wie diese: „Wir wissen mit weit mehr Deutlichkeit, daß unser Wille frei ist, als daß Alles, was geschieht, eine Ursache haben müsse. Könnte man also nicht einmal das Argument umkehren und sagen: Unsere Begriffe von Ursache und Wirkung müssen sehr unrichtig sein, weil unser Wille nicht frei sein könnte, wenn sie richtig wären?[55]" Damit wäre denn allerdings an die Wurzel aller Deduction die Axt gelegt. Man sieht hier deutlich, wie weit Lichtenbergs satirische Basis mit der Swifts übereinstimmt und worin sie von dieser abweicht. Swift verspottet die Unzulänglichkeit des Menschen und all seiner Mittel überhaupt und sein Gegenbild

---

[55]) Schriften I. 70.

ist die göttliche Allmacht. Lichtenberg dagegen zweifelt nicht an dem, was dem Naturforscher Dogma ist, an der Zuverlässigkeit, ja an der Untrüglichkeit der Sinne und deshalb wird sein Spott erst herausgefordert, wo die Unzuverlässigkeit und Trüglichkeit der Geistesmittel, der Verknüpfung beobachteter Tatsachen und der über das Festgestellte herausgehenden Speculation ihm vor die Augen tritt. Ueberall ist es diese Anmaßung einer Sicherheit statt der allein möglichen Wahrscheinlichkeitsrechnung, was seine Satire geißelt. Doch ist sie noch mild, wo es sich nur um das Suchen nach solchen Gesetzen handelt, an dem er sich ja selbst teilhaftig wußte; bitter aber vermag sie zu werden, wo die Speculation mit dem Besitz der Wahrheit zu prahlen versucht. Man begreift es, wie durchaus ihm die selbstherrliche Weisheit der Fichteschen Philosophie zuwider sein mußte. Doch meist waren es eben nur kleine, ja oft kleinliche Formen jenes Unfehlbarkeitsdünkels, mit denen er zu tun hatte. Bald war es Johann Heinrich Voß' Anspruch, genau zu bestimmen, welchen Klang in ferner Vergangenheit das lange ē der Griechen gehabt hätte, bald waren es des Superintendenten Ziehen Versuche, sogar in der Zukunft zu lesen — Prophezeiungen, die damals großen Anklang fanden und sogar den Berliner Oberbibliothekar Pernetty, dem der große König diese für Lessing in Aussicht genommene Stellung verliehen hatte, in die Flucht trieben. Bald war es die Bemühung, solche vermeintliche Weisheit praktisch zu verwerten, wie in Lavaters Physiognomik oder in Philadelphias Taschenspielerei — dies übrigens die unschuldigste Form, welche den Zorn des Professors der Experimentalphysik wohl doch in übertriebenem Maße erregte. Aber die engen Verhältnisse boten ihm eben keine großen Objekte für seine Satire dar.

Ist so sein Humor durchaus echt, weil er im tiefsten Innern eines ernst strebenden Geistes begründet ist, und beruht seine Satire in dem festen Grunde eines ewigen und allgemeinen Conflictes, so verrät sein Witz, so reich und frisch er auch sprudelt, zuweilen doch die Nachhilfe einer bewußten Technik. Wo Lichtenberg einer Ansicht oder einem Werk zustimmend, deutend oder bekämpfend gegenübersteht, da wird der Eindruck, welchen er zuerst erhielt, zu der zwischen seiner Persönlichkeit und seinen Worten vermittelnden Grundstimmung. Oft fällt nun aber dem Witz die Aufgabe zu, den ersten Eindruck oder Einfall mit den Resultaten der genaueren Detailprüfung zu verknüpfen. Gewöhnlich geht er dabei auf den Spuren des zuletzt verwandten Wortes, indem er oft von jener Vieldeutigkeit der Sprache Gebrauch macht. Ein Beispiel für hunderte. Auf einem Bilde Hogarths steht neben der im Stockhaus zur Arbeit gezwungenen Hauptperson der Aufseher mit dem drohenden Stock in der Hand. Lichtenberg bemerkt hierzu: „Du sollst und mußt, steht neben ihr in dem Gesicht von Bronze ... geschrieben. ... Auch war es ganz unnötig, die Worte noch mit einem *gravi*, ich meine den schrägen Ochsenziemer, zu accentuiren; die Sache wird dadurch nicht um ein Haar deutlicher." [56]) Der überraschende und witzige Vergleich des von links oben nach rechts unten gehaltenen Stockes mit dem Accentus gravis (`) ist hier ohne Zweifel durch die vorher ganz beiläufig erfolgte Verwendung des Wortes „schreiben" an die Hand gegeben. Die Operation ist also die: der Erklärer schreibt den ersten Satz nieder. Dann sieht er von neuem auf das Bild; da fällt ihm der Stock auf. Nun muß sein rascher Witz diese neue Beobachtung mit dem Vorigen verknüpfen: er tut es, indem er den Stock in die Sphäre der Schriftzeichen rückt. — Es ist klar, daß die so häufige Prüfung derartiger Zwischenglieder Lichtenbergs Technik des Witzes um so manchen

---

[56]) Schriften IX. 167.

Kunstgriff bereichert haben wird. Doch selten braucht seine behende Phantasie und seine vorzügliche Beherrschung der Sprache weiterer Unterstützung.

Aber ich habe mich hier auf einen gefährlichen Boden begeben. Ein wahrhafter und echter Humor, ein wirklicher und lebendiger Witz sind schwer zu charakterisiren; und grade bei Lichtenberg spottet der Reichtum der Formen so enger Beschreibung und Einregelung. So wenig auch die Richtung, die einheitlich durch all seine Geistestätigkeit hindurch geht, sich hier verläugnet, möchte es doch einseitig sein, damit die Fülle seines Geistes erschöpft zu meinen. Wo man ihn aufschlägt, ist er neu, lebendig, belebend. Wie alle Natur ist auch die seinige nur in Proben zu beschreiben; wer sie aber in ihrer ganzen Fülle kennen lernen will, muß selbst hingehen und sehn und vergleichen. Ich wäre glücklich, wenn mein schwacher Versuch dazu beitragen könnte, einem Schriftsteller wieder Leser zuzuführen, der ein wahres Studium wie wenige verdient und der es wie wenige belohnt.